I0690438

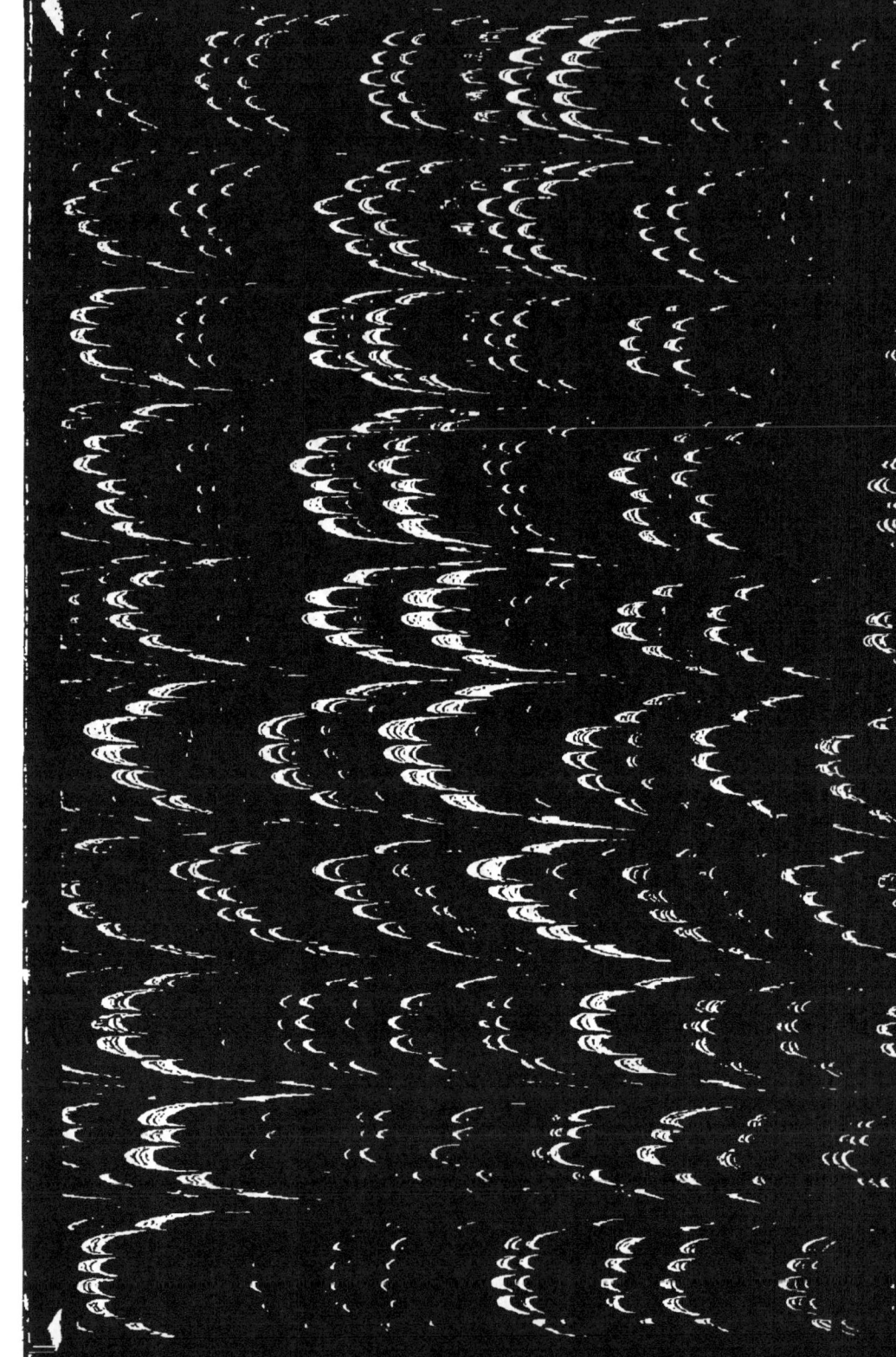

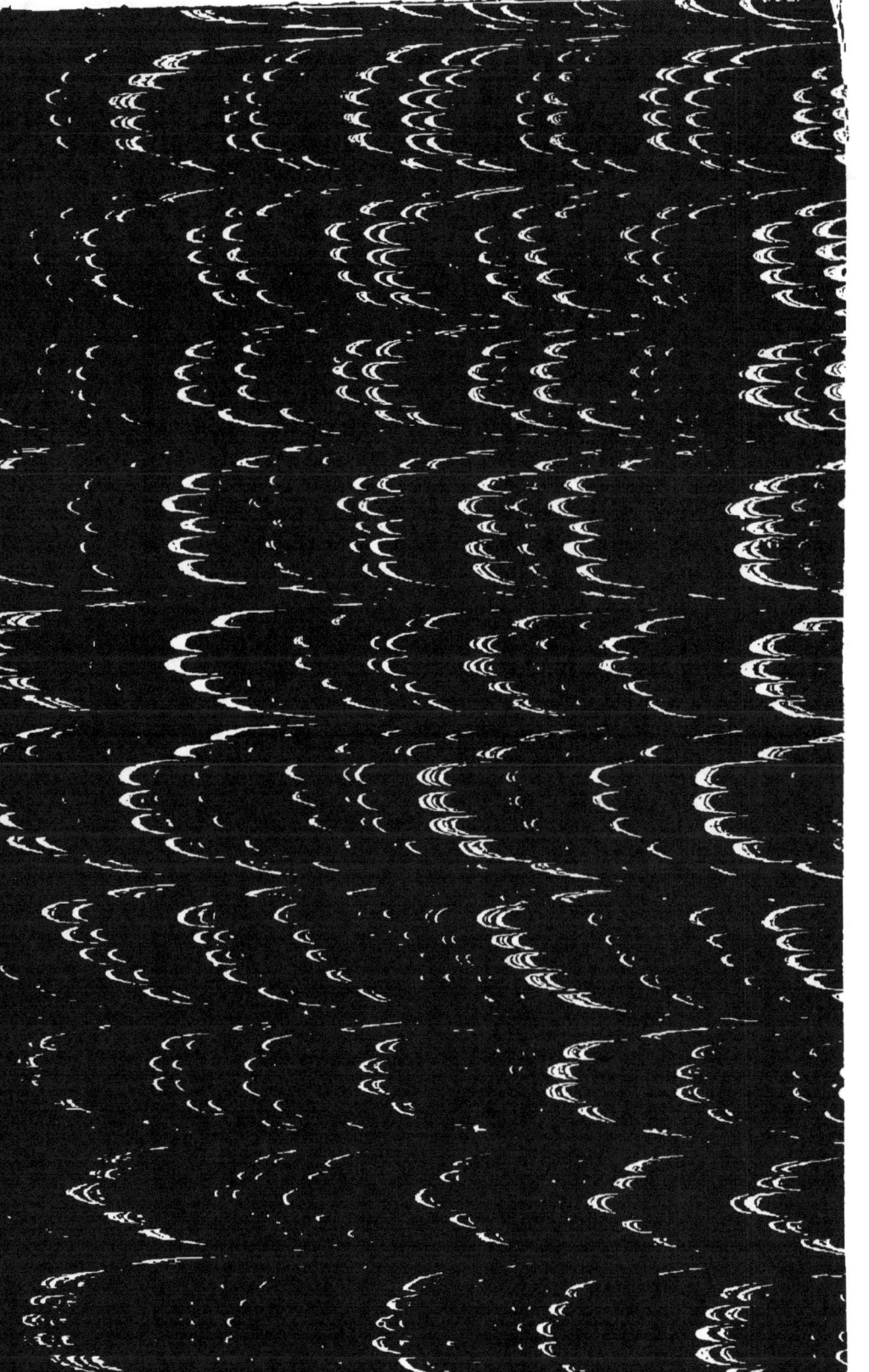

LA CHEMINÉE

DE MADAME

DE LA POUPELINIÈRE

IL A ÉTÉ TIRÉ DE CE LIVRE
DEUX CENT TRENTE-TROIS EXEMPLAIRES
NUMÉROTÉS, DONT :

Un sur peau vélin (no 1). — Cinq sur papier du Japon (nos 2 à 6). — Douze sur papier de Chine (nos 7 à 18). — Quinze sur papier de Hollande teinté (nos 19 à 33). — Deux cents sur papier de Hollande blanc, dont cent cinquante mis dans le commerce (nos 34 à 233).

numéro

LA CHEMINÉE
DE MADAME
DE LA
POUPELINIÈRE
PAR
E. CAMPARDON

PARIS
CHARAVAY FR^s

AVERTISSEMENT

AVERTISSEMENT

Les documents inédits, transcrits plus loin, sont tirés des archives des commissaires, au Châtelet de Paris. On y trouvera l'histoire des mésaventures conjugales du fermier général La Poupelinière et de curieux détails sur la fameuse cheminée à plaque tournante, qu'admira tant Vaucanson et que le duc de Richelieu fit fabriquer pour s'introduire, sans être vu, dans l'appartement de M^mo de La Poupelinière.

Grâce à ces documents et en m'aidant du procès-verbal des scellés apposés après décès chez M. de la Poupelinière, j'ai pu donner des renseignements nouveaux sur sa vie, son luxe et sa fortune.

J'ose espérer que le résultat de mes recherches ne paraîtra pas indigne d'intérêt.

E. C.

Paris, le 10 mai 1879.

PREMIÈRE PARTIE

LA CHEMINÉE

Alexandre-Jean-Joseph Le Riche de La Poupelinière (1), né à Paris en 1692, était le fils d'un receveur général des finances qui lui fit

(1) Telle est la vraie orthographe du nom, mais on prononçait La Popelinière.

donner une excellente éducation dont il profita d'ailleurs très bien. Dès sa jeunesse il montra du goût pour les arts, pour la littérature et surtout pour la musique. Il chantait avec grâce et méthode, en s'accompagnant sur la vielle ou la guitare, des romances qu'il avait composées lui-même et dont quelques-unes ne sont pas encore oubliées.

Pourvu en 1718 d'une charge de fermier général (1), il eut dès lors un salon très fréquenté, tint table ouverte, et, quoiqu'il ne fût pas l'un des membres les plus riches de sa compagnie, mena un tel train de dépense que son faste devint célèbre.

(1) *Vie privée de Louis XV*, tome I.

Très amateur de plaisir, il eut
dans sa jeunesse quelques aventures
galantes qui fixèrent l'attention sur
lui et fut auprès d'une cantatrice,
alors célèbre à l'Académie royale de
musique, Mlle Antier, le rival heu-
reux d'un prince de Carignan.

Il fréquentait aussi les coulisses
des théâtres, et ce fut là qu'il fit la
connaissance d'une actrice de la
Comédie-Française appelée familiè-
rement Mimi d'Ancourt, et qui s'appelait en réalité Marie-Anne Carton d'Ancourt (1). Elle était la fille
de l'acteur-auteur Florent Carton

(1) Elle avait été reçue à la Comédie-Française en 1699 et se retira en 1728 avec une
pension de 1.000 livres. Elle avait eu une
sœur, comédienne comme elle, qui épousa un
sieur Fontaine, commissaire et contrôleur de
la marine.

d'Ancourt et de son mariage avec Samuel Boulinon des Hayes, elle avait une fille, Thérèse, que La Poupelinière aima et dont il devint bientôt le protecteur avoué.

Mlle Thérèse des Hayes ou plutôt Mlle d'Ancourt, car elle n'était guère connue que sous le nom de famille de sa mère, était née vers 1713. Sa figure était jolie et son intelligence peu commune. La Poupelinière, qui la connut à un âge où l'esprit et les talents sont susceptibles de tous les perfectionnements, prit plaisir à développer les dispositions dont elle témoignait et réussit pleinement dans cette tâche d'ailleurs fort agréable.

Grâce à ses soins, elle devint une femme accomplie; il l'aimait ten-

drement « jusqu'à la folie » même,
dit un biographe anonyme (1) et la
comblait de présents, de bijoux, de
diamants. Le mobilier de son appartement était somptueux, ses carrosses et ses chevaux étaient ma-
gnifiques ; bref, cet amant passionné
mit tout en œuvre pour s'attacher
définitivement cette charmante créa-
ture.

Malheureusement pour lui, Mlle
d'Ancourt fut loin de répondre à
tant d'amour. Sa conduite était
irréprochable et elle évitait avec le
plus grand soin de donner au fermier général aucun motif de jalousie; mais, sous des apparences de
vivacité prime-sautière, elle cachait

(1) Archives nationales, M, M, 818.

un cœur et un esprit froids ; tout
était calcul chez elle et elle poussait
la vanité jusqu'à un point presque
incroyable. De plus, quelqu'un qui
la vit de près, ayant longtemps fréquenté sa maison, disait d'elle à
Jean-Jacques Rousseau : « Elle est
méchante et adroite (1). »

La situation qu'elle occupait, elle,
fille d'actrice, tout en ayant été
acceptée volontairement par elle et
peut-être secrètement désirée, lui
semblait indigne d'elle et de son mérite. Son rêve était de devenir la
femme de La Poupelinière. Plusieurs insinuations à ce sujet étant
demeurées infructueuses, elle résolut de conquérir à force d'habi-

(1) *Confessions de J.-J. Rousseau*, seconde
partie. livre VII.

leté la position qu'elle ambitionnait.

Elle trouva moyen, on ne sait comment, de parvenir jusqu'à la fameuse Mᵐᵉ de Tencin, et après avoir sollicité toute son indulgence pour ce que sa conduite actuelle pouvait avoir de répréhensible, elle se représenta comme une victime des séductions de La Poupelinière. Il lui avait promis de l'épouser ; mais elle craignait d'avoir été trompée, car toutes les fois qu'elle lui rappelait ses engagements il s'empressait de détourner la conversation.

Touchée de ces plaintes, conquise par la tenue décente et les manières gracieuses de Mˡˡᵉ d'Ancourt, poussée surtout par cette manie furieuse qu'ont presque toutes les femmes de faire des mariages, Mᵐᵉ de Tencin

2

lui répondit : « Il vous épousera, j'en fais mon affaire ; cachez-lui que vous m'ayez vue et dissimulez. »

Le moyen dont se servit cette femme habile pour arriver au résultat souhaité fut aussi simple qu'efficace. Par son frère le cardinal de Tencin, elle fit circonvenir le cardinal de Fleury, alors premier ministre, et peu après, à l'époque du renouvellement des baux de la ferme générale, quand La Poupelinière, désireux de voir son nom maintenu sur les listes, se présenta à l'audience du cardinal, ce dernier lui demanda brusquement qui était Mlle d'Ancourt. Le solliciteur étonné, mais ne prévoyant nullement ce qui allait se passer, répondit que Mlle d'Ancourt était une

jeune personne dont il avait pris
soin et fit un éloge sincère de sa
conduite et de ses talents. « Je suis
bien aise, reprit alors le cardinal,
de tout le bien que vous m'en dites.
Tout le monde en parle de même
et l'intention du roi est de donner
votre place à celui qui l'épousera (1). »

La Poupelinière dut donc s'exé-
cuter. Il le fit d'ailleurs de bonne
grâce puisqu'il aimait Mlle d'Ancourt, et il l'épousa en 1737 après
lui avoir fait une donation par con-
trat de mariage (2).

Pendant quelques années le fermier général n'eut pas à regretter
sa résolution. Son salon, à Paris ou

(1) *Mémoires de Marmontel*, livre IV.
(2) Archives nationales, Y, 365.

à sa campagne de Passy, devint
réellement un des lieux de réunion
les plus recherchés de la bonne société. On y rencontrait Rameau, La
Tour, Vaucanson, Carle Vanloo et
sa femme à la voix de rossignol,
Jean-Jacques Rousseau et ce Ballot
de Sovot (1) que Voltaire appelait
par ironie Ballot *l'Imagination*,
sans doute parce qu'il avait la spé-
cialité de retoucher tous les opé-

(1) Ballot de Sovot mourut en 1761. Il est
l'auteur anonyme d'un *Éloge de Lancret,
peintre du Roi*, devenu fort rare. Cet opus-
cule a été réimprimé il y a quelques années
par M. J.-J. Guiffrey qui y a joint diverses
notes, plusieurs documents inédits sur Lancret
et le catalogue de ses tableaux et estampes.
Ce volume, composé avec autant de goût que
d'érudition, a été tiré à un très petit nombre
d'exemplaires. Il débute par une biographie
très bien faite du célèbre peintre et par des
renseignements curieux sur Ballot de Sovot.

ras vieillis, lors de leur reprise à
l'Académie royale de musique;
« petit avocat d'un esprit fin et pé-
nétrant, dit Marmontel, mais personnage assez grotesque par la sin-
gularité d'un langage trivial et
hyperbolique et d'un caractère mêlé
de bassesse et d'orgueil, fier et haut
par boutades, servile par habitude.
C'étoit lui qui louoit M. de La Poupelinière sur la finesse de sa peau et
qui, dans un moment d'humeur,
disoit de lui : qu'il s'en aille cuver
son or (1). »

Mais de toutes les personnes dis-
tinguées que l'on rencontrait chez
La Poupelinière, la plus recherchée,
la plus entourée, la plus admirée

(1) *Mémoires de Marmontel*, livre IV.

était certes sa femme. Elle charmait et étonnait à la fois par son intelligence, par la vivacité de son esprit et par « une verve d'éloquence qui tenoit de l'inspiration (1) ».

Une femme aussi séduisante ne pouvait manquer d'invitations, aussi obtenait-elle des succès même dans le grand monde. Sa vanité s'épanouissait lorsqu'elle assistait seule à des réunions, à des soupers où son mari, simple fermier général, eût été déplacé et où elle recevait les hommages et les adulations des hommes les plus titrés.

Ce fut dans une de ces assemblées élégantes que Mme de La Poupeli-

(1) *Mémoires de Marmontel*, livre IV.

nière rencontra pour la première
fois, vers 1744, le duc de Richelieu.
Très flattée des compliments que
lui adressa ce séducteur célèbre, elle
les reçut de façon à les encourager,
heureuse qu'elle était de voir fixées
sur elle les attentions d'un homme
dont tant de femmes, d'un rang su-
périeur au sien, s'étaient disputé le
cœur.

Leur liaison, mystérieuse au dé-
but, ne fut bientôt plus un secret
pour personne, pas même pour La
Poupelinière averti par des lettres
anonymes.

Le fermier général, dont ces rela-
tions avaient excité au plus haut
degré la jalousie naturelle et n'osant
s'attaquer au duc de Richelieu, trop
grand seigneur pour lui, fit retom-

ber sur sa femme tout le poids de
sa colère. La vie de ces deux êtres
devint alors un supplice perpétuel.
Le mari faisait surveiller sa femme
jour et nuit, la femme s'en vengeait
par un air de profond mépris et
prenait en face de La Poupelinière
l'attitude d'une prisonnière devant
son geolier.

« Il falloit voir à table, dit un
commensal de leur maison, ces deux
époux vis-à-vis l'un de l'autre ; la
morne taciturnité du mari, la fière
et froide indignation de la femme ;
le soin que prenoient leurs regards
de s'éviter et l'air terrible et sombre
dont ils se rencontroient surtout
devant leurs gens, l'effort qu'ils faisoient sur eux-mêmes pour s'adresser quelques paroles, et le ton sec et

dur dont ils se répondoient. On a de la peine à concevoir comment deux êtres aussi fortement aliénés pouvoient habiter ensemble. Mais elle étoit déterminée à ne pas quitter sa maison et lui, aux yeux du monde et en bonne justice, n'avoit pas le droit de l'en chasser (1). »

Bientôt aux reproches muets succédèrent les récriminations, les scènes et même, chose triste à dire, les violences et la plus ignoble brutalité.

Le dimanche 24 avril 1746, Madame de La Poupelinière envoya quérir un commissaire au Chatelet qui la trouva au lit, malade et entourée de linges ensanglantés. Elle

(1) *Mémoires de Marmontel*, livre IV.

lui raconta que son mari, après l'a·
voir, la veille, accablée d'injures
épouvantables, l'avait frappée avec
la plus extrême violence, prise aux
cheveux, terrassée et accablée de
coups de pied dont elle portait encore les traces. Vernage, son médecin, appelé immédiatement, avait
pratiqué sur elle trois saignées,
deux aux pieds et une au bras. Elle
demanda aussi qu'il fût dressé procès-verbal de ses déclarations.

Le lendemain elle manda de nouveau le même magistrat et l'informa
que M. de La Poupelinière, loin de
regretter ce qui s'était passé, avait,
comme s'il était désireux d'aggraver
encore ses torts, manifesté devant
témoins son mépris pour elle, en
affirmant que, si elle osait jamais se

représenter à sa table, il jetterait à terre son couvert et l'expulserait ignominieusement de sa salle à manger (1).

Madame de La Poupelinière dut garder le lit plusieurs jours encore après ces tristes événements, et les conséquences des mauvais traitements dont elle fut la victime furent terribles pour elle. Les coups qu'elle reçut alors sur le sein furent l'origine de la tumeur cancéreuse qui la conduisit au tombeau quelques années plus tard (2).

Si La Poupelinière s'était laissé emporter à de semblables extrémités, c'est qu'il se trouvait dans un

(1) Voyez plus loin le document coté I.

(2) *Mémoires du marquis d'Argenson*, édit. Rathery ; V, 299.

état d'exaspération impossible à décrire, causé par l'attitude hautaine et dédaigneuse de sa femme, et surtout par des lettres anonymes remplies de détails bien faits pour attiser sa jalousie, et racontant longuement où et comment sa femme pouvait rencontrer sans obstacles le duc de Richelieu.

Ce dernier, ayant appris ce qui venait d'arriver, ne voulut plus exposer madame de La Poupelinière à de pareils outrages et il chercha le moyen de la voir sans que le mari en fût instruit par ses espions à gage.

En examinant un jour dans la rue de Richelieu la maison mitoyenne à celle de La Poupelinière, il remarqua que l'une des chambres

de cet immeuble devait très probablement correspondre avec le cabinet où se trouvait le clavecin de
madame de La Poupelinière. Après
s'en être assuré, il fit louer par un
prête-nom l'appartement d'où dé-
pendait cette chambre et il chargea
l'un de ses gens, nommé Desnoyers,
de faire faire dans le mur une ouverture disposée de façon qu'elle
eût issue dans la cheminée du cabinet de la femme du fermier général. Desnoyers, en homme de pré-
caution, choisit pour cette besogne
délicate deux maçons d'une habileté
incontestable, et une nuit, après leur
avoir bandé les yeux et leur avoir
fait faire mille détours dans une
voiture, il les conduisit dans la
chambre où ils devaient opérer. Là,

il leur ôta leur bandeau, leur expli-
qua ce qu'il y avait à faire et leur
promit cinquante louis si le travail
était fini avant le jour et sans bruit.
Les ouvriers, excités par la récom-
pense offerte, vinrent à bout de leur
tâche, et quand l'ouverture eut été
pratiquée, ils posèrent sur charnière une plaque de cheminée
préparée à l'avance qui, rendue
ainsi mobile et s'ouvrant au moyen
d'une clavette, permettait le passage
dans la maison voisine. Dans l'appartement loué par le duc de Richelieu, l'ouverture béante fut masquée
par un panneau couvert d'une
glace.

Lorsque tout fut terminé, et après
avoir pris soin qu'aucune trace de
l'opération ne subsistât dans la che-

minée de madame de La Poupelinière, Desnoyers banda de nouveau
les yeux des ouvriers, les fit remon-
ter en voiture et les reconduisit à
leur domicile avec toutes les précautions qu'il avait employées lorsqu'il les avait amenés, de manière
à ce qu'ils ignorassent toujours dans
quel quartier de Paris ils avaient
accompli ce véritable tour d'a-
dresse.

A partir de ce moment, madame
de La Poupelinière ne sortit plus
que rarement; le plus souvent
même elle se faisait accompagner
par son mari. La surveillance oc-
culte dont elle était l'objet ne cessa
pourtant pas, mais elle se ralentit
un peu; les rapports des espions ne
contenant plus rien qui pût exciter

la jalousie du fermier général. Même, un certain calme reparut dans ce ménage si troublé.

Pourtant, malgré les précautions du duc de Richelieu, le secret fut un jour bien près d'être découvert. La Poupelinière était venu dans le cabinet de sa femme à l'heure habituelle des entrevues, et Richelieu, pour signaler son arrivée, frappa selon les conventions un coup sur la cheminée. Madame de La Poupelinière, troublée au plus haut degré, ne perdit cependant pas sa présence d'esprit et, feignant l'humeur, elle se plaignit du bruit incessant des voisins, puis, avec la pincette, elle frappa à son tour deux coups, ce qui indiquait un danger. Richelieu comprenant garda alors le plus profond silence, et La Poupelinière se retira tranquille quelques instants après, sans avoir rien compris à ce manège (1).

Toutefois, pour éviter dans l'avenir de semblables périls, madame de La Poupelinière prit l'habitude le soir de pousser ses verroux, de peur des voleurs, disait-elle (2).

Ce fut ce qui la perdit. Une de ses femmes ayant entendu plusieurs fois, alors qu'elle savait sa maîtresse enfermée toute seule chez elle, une voix masculine venant de son appartement, épia et finit par découvrir que quelqu'un, par un moyen

(1) *Vie privée du maréchal de Richelieu*, I, 62.

(2) *Journal de Barbier*, édit. Lalanne, IV, 326.

dont elle ne se rendait pas compte, s'introduisait chaque soir chez madame de La Poupelinière.

Cette femme, nommée Dufour, comptant se faire payer le secret surpris en partie par elle, fit comprendre à sa maîtresse qu'elle était instruite de ce qui se passait. Madame de La Poupelinière acheta son silence au prix d'une pension de six cents livres; mais au bout d'un certain temps, redoutant une trahison, elle saisit un prétexte et la mit hors de chez elle.

La femme de chambre congédiée se vengea comme peuvent le faire toutes les créatures de son espèce. Elle écrivit sous le voile de l'anonyme à La Poupelinière plusieurs lettres, dans lesquelles elle l'assurait qu'en dépit de ses précautions, de ses soins, de sa surveillance, sa femme continuait de le tromper, et que tous les soirs, par une issue secrète, un homme pénétrait dans son appartement.

Le fermier général résolut d'en finir. Le 28 novembre 1748, jour où sa femme et lui étaient invités à assister à une revue passée par le maréchal de Saxe près de Chaillot, il la laissa partir seule dans une des voitures du maréchal, et prétextant une douleur rhumatismale à l'épaule, il garda le logis. Dès qu'il fut seul il envoya chercher deux de ses familiers, Vaucanson et l'avocat Ballot de Sovot, et leur fit part de sa résolution de visiter à fond l'appartement de sa femme.

Arrivés dans le cabinet où se trouvait le clavecin, Ballot de Sovot fit
observer à ses deux compagnons
que la cheminée était complètement
vide et sans aucune trace de feu, bien
que la saison fût assez rigoureuse
et que dans les autres chambres de
la maison tous les foyers fussent
allumés. En faisant cette observa-
tion, à ses yeux sans grande importance, Ballot du bout de sa canne
frappa la plaque de fond de la cheminée qui rendit un son creux.
Aussitôt Vaucanson se mit à genoux
et, examinant avec soin, il reconnut
que la plaque était montée à charnière, et si habilement posée que la
jointure en était presque invisible.
Alors s'engagea entre lui et La Poupelinière stupéfait le dialogue sui-

vant : « Ah ! monsieur, s'écria Vaucanson, le bel ouvrage que je vois là et l'excellent ouvrier que celui qui l'a fait ! Cette plaque est mobile, elle s'ouvre, mais la charnière en est d'une délicatesse..... Non, il n'y a pas de tabatière mieux travaillée. L'habile homme que celui-là ! — Quoi ! monsieur, vous êtes sûr que cette plaque s'ouvre ? — Vraiment oui, j'en suis sûr ; je le vois. Rien n'est plus merveilleux. — Et que me fait votre merveille, il s'agit bien d'admirer ! — Ah ! monsieur, de tels ouvriers sont fort rares ; j'en ai d'assez bons assurément, mais je n'en ai pas un qui.... — Laissons-là vos ouvriers, interrompit La Poupelinière, écumant de fureur, et qu'on m'en appelle un qui fasse sauter cette plaque! — C'est dommage, s'écria alors Vaucanson, de briser un chef-d'œuvre aussi parfait que celui-là (1)! »

Immédiatement des ouvriers ouvrirent la plaque en présence de diverses personnes appelées par La Poupelinière et de domestiques amenés sur les lieux par l'annonce de cette découverte.

Le fermier général ne s'en tint pas là. Il envoya chercher le commissaire Delavergée et le requit de dresser un procès-verbal relatant les faits dont il vient d'être question et de recevoir sa plainte contre le nommé Berger, occupant dans la maison voisine l'appartement dont

(1) *Mémoires de Marmontel*, livre IV.

le mur avait été défoncé (1). La colère qu'il ressentait était violente et pourtant il sut se contenir assez pour ne pas souffler mot du duc de Richelieu. Il attribua seulement à ceux qui avaient imaginé ce moyen de pénétrer chez lui des intentions criminelles sur sa vie ou sur celle de sa femme et le désir ensuite de dévaliser sa maison (2).

Un des laquais, qui avait assisté à l'ouverture de la plaque et qui avait entendu la plainte portée par

(1) Ce Berger était l'individu qui servait de prête-nom au duc de Richelieu.

(2) Voyez plus loin le document coté II. — L'ouverture de la cheminée resta béante jusqu'au 3 du mois de décembre suivant, jour où La Poupelinière la fit boucher en présence du commissaire Delavergée, du représentant du propriétaire de la maison voisine et de quelques ouvriers.

La Poupelinière, s'empressa de courir à l'endroit où se passait la revue et de prévenir madame de La Poupelinière.

Cette dernière se fit raconter tout en détail et, bien assurée que le nom du duc de Richelieu n'avait pas été prononcé, elle construisit à la hâte tout un système de défense. Craignant de trouver la porte de l'hôtel de son mari fermée pour elle, elle pria le maréchal de Saxe, auquel elle raconta l'histoire à sa façon, de vouloir bien l'accompagner. Ils arrivèrent rue de Richelieu et là, comme elle l'avait supposé, le suisse leur refusa d'abord la porte, mais, intimidé par la présence du maréchal de Saxe, il finit par les laisser entrer en s'écriant toutefois que sa désobéissance allait lui coûter sa place et peut-être même la vie.

Une fois dans la maison, le maréchal conduisit madame de La Poupelinière au premier étage, où ils se rencontrèrent face à face avec le fermier général. Peu désireux d'assister à une explication intime, mais voulant remplir jusqu'au bout son rôle de protecteur et de galant homme, le maréchal adressa à La Poupelinière un petit discours banal dans lequel, faisant appel à son bon sens et à sa modération, il l'engageait à ne pas faire de scandale et à se réconcilier au plus vite avec sa femme toute disposée d'ailleurs à lui donner les explications les plus satisfaisantes. Puis, sans attendre même une réplique à ses paroles, il s'empressa de prendre congé, reconduit jusqu'à son carrosse par La Poupelinière respectueux.

Lorsqu'enfin les deux époux furent en présence, le mari conduisit sa femme dans le cabinet où l'ouverture avait été découverte et lui demanda qui l'avait faite et à quoi elle avait servi. Madame de La Poupelinière répondit effrontément qu'elle n'avait jamais eu connaissance de cette ouverture ; elle la voyait pour la première fois, et elle ne pouvait l'attribuer qu'à ses ennemis, à ceux qui, à force de calomnies, avaient mis la désunion entre lui et elle. S'armant ensuite habilement de la déposition même de son mari, elle ajouta que cette

ouverture, pratiquée selon elle par
des gens qui voulaient la perdre,
était peut-être aussi le fait de misé-
rables qui en voulaient à sa vie.
Puis elle se jeta aux pieds de son
mari et le conjura de lui rendre son
estime, sa confiance, sa tendresse
même ; « mon amour, s'écria-t-elle
en terminant, vous vengera en me
vengeant moi-même du mal que
nous ont fait nos ennemis com-
muns ! »

Cette comédie, supérieurement
jouée pourtant, fut inutile. La Poupelinière se montra inflexible : « Tout
l'artifice de vos paroles, lui répon-
dit-il, ne me fait point changer de
résolution ; nous n'habiterons plus
ensemble. Si vous vous retirez mo-
destement et sans bruit, je prendrai

soin de votre sort. Si vous m'obligez
de recourir aux voies de rigueur
pour vous faire sortir de chez moi,
je les emploierai, et tout sentiment
d'indulgence et de bonté pour vous
sera étouffé dans mon âme (1). »

Elle partit, et malgré l'heure avan-
cée, il était environ onze heures du
soir, elle se rendit chez le commissaire, qui, en 1746, avait reçu sa
plainte contre son mari. Travestis-
sant les faits avec une audace sans
exemple, elle se posa en victime.
M. de La Poupelinière, animé contre
elle d'une fureur inconcevable, venait de lui faire la mortelle injure
de l'empêcher de rentrer chez elle
à son retour de la revue du maré-

(1) *Mémoires de Marmontel*, livre IV.

chal de Saxe. Grâce pourtant à ce dernier elle avait pu pénétrer dans sa maison. Mais là, malgré la présence de son illustre cavalier, devant toute sa livrée, elle avait été accablée par son mari d'injures atroces et déshonorantes. Redoutant les voies de fait, elle s'était hâtée de gagner son appartement où elle avait trouvé tous les meubles en désordre et la cheminée de son cabinet défoncée, sans qu'elle pût s'expliquer ce que signifiait tout ce remue-ménage. Succombant sous le poids de la fatigue et des émotions, elle avait alors demandé un bouillon; mais par ordre de son mari il lui avait été refusé. A ce moment diverses personnes étant venues la prévenir que sa vie n'était pas en sûreté si elle persistait à rester dans la maison de M. de La Poupelinière, elle s'était décidée à la quitter et à aller chercher un asile chez sa mère (1).

Quelques jours plus tard, le 21 décembre, Madame de La Poupelinière manda le même magistrat dans la chambre qu'elle occupait chez sa mère, rue de la Chaussée d'Antin, et lui fit un long récit de toutes les misères qu'elle avait subies du fait de son mari, de ses brutalités, de ses calomnies, et revenant sur l'histoire de la cheminée, elle prétendit que cette ouverture devait être fort ancienne ou bien qu'elle avait été faite par les amis

(1) Voyez plus loin le document coté III.

ou parents de M. de la Poupelinière,
dans le but de lui nuire, et peut-être
par M. de La Poupelinière lui-
même, car il avait longtemps habité
cet appartement devenu ensuite le
sien. Il était au surplus bien singu-
lier qu'on l'accusât d'avoir fait pra-
tiquer cette ouverture, alors que
son mari avait déclaré publiquement à un magistrat, dont le procès-
verbal existait, que ce percement
devait être l'ouvrage de criminels
dont le but était de l'assassiner lui
et sa femme et de le voler ensuite.
« De plus, ajoutait-elle, quel moment a-t-il pris pour se livrer à une
perquisition chez moi ? L'instant
où j'étais absente afin d'en imposer
plus aisément sur sa prétendue découverte ; quant à ceux qu'il avait

convoqués, c'étaient ses complai-
sants, ses familiers, ses domestiques. » En outre, le commissaire
n'avait été mandé qu'au moment où
tout était disposé de manière à ce
qu'on ne pût démêler si l'ouverture
était ancienne ou récente, et quelques jours plus tard on avait re-
construit en toute hâte la muraille
afin que toute constatation favorable
à son innocence fût désormais rendue impossible. Enfin le résultat
de ces abominables machinations
avait été son expulsion du domicile
conjugal, expulsion qui la désho-
norait.

« Ce n'est pas encore tout, disait
en terminant la pauvre femme, et
ici elle était absolument dans le vrai,
je souffre cruellement de cette ma-

ladie (un cancer au sein) que m'ont occasionnée les brutalités de M. de La Poupelinière et qui a été constatée par les médecins. Je suis dénuée de tout, de linge, de vêtements et d'argent. J'ai même couché plusieurs jours par terre, faute d'un lit. Par l'intermédiaire de tierces personnes j'ai fait demander des secours à mon mari ; il me les a refusés. C'est donc à la justice qu'il me faut demander appui, protection et raison de pareils outrages (1). »

Ce ne fut qu'en novembre 1749, c'est-à-dire onze mois après les événements dont on vient de lire le récit, que Madame de La Poupelinière obtint enfin une rente annuelle

(1) Voyez plus loin le document coté III.

de son mari. Grâce, assure-t-on, aux
démarches du duc de Richelieu, ab-
sent de Paris lors de la découverte
de la plaque tournante, et qui s'empressa de lui faire tenir mensuelle-
ment 1200 livres, en attendant que
sa situation fût réglée (1), le contrôleur général des finances força La
Poupelinière à faire à sa femme
20,000 livres de pension et à lui en
assurer le principal, sous peine d'être
exclus de la compagnie des fermiers
généraux (2).

Est-il besoin de parler du scandale immense produit dans tout
Paris par cette triste aventure ? Mille
quolibets furent échangés à ce sujet

(1) *Vie privée du maréchal de Richelieu*,
II, 88.

(2) *Mémoires de d'Argenson*, VI, 73.

en prose et en vers et on afficha dans les rues un *Avis au public* ainsi conçu :

Messieurs, vous êtes avertis
Qu'on fait fabriquer dans Paris
En perçant la maison voisine
Fonds de cheminée à ressorts
Où l'amant peut passer le corps
Sans que personne le devine.
On pourra voir cette machine
Chez certain fermier général,
Aux frais d'un nouveau maréchal (1);
Chez Madame de La Poupelinière
Qui s'en est servi la première (2).

De plus, l'année touchait à sa fin et alors, comme aujourd'hui, les petits marchands s'ingéniaient, au moment des étrennes, à inventer

(1) Le duc de Richelieu venait d'être nommé maréchal de France.

(2) *Journal de Barbier*, IV, 329. — Archives nationales, Y, 15623.

un objet d'actualité dont la vente fût lucrative. Ils eurent l'heureuse idée d'exploiter l'affaire de la cheminée tournante, et le 31 décembre les promeneurs qui remplissaient les galeries marchandes du Palais de Justice, pour faire leurs emplettes, purent voir et acheter des « petites cheminées en carton avec une plaque qui s'ouvroit, derrière laquelle on voyoit un homme et une femme qui se guettoient (1). »

Les choses allèrent même plus loin encore. Dans les théâtres, à la Comédie Italienne, notamment, on vendit publiquement ces petites cheminées avec la stupide complainte que voici :

(1) *Journal de Barbier*, IV, 336.

I

Voulez-vous savoir le mystère
De Monsieur de La Poupelinière?
Sa moitié, pour voir son galant,
Traversoit une cheminée
Qui sembloit fermée par devant
Et par derrière étoit forée.

II

Averti de ce stratagème,
Ayant vu le trou par lui-même,
Il a fermé portes et verroux
Jurant sans mesure et sans bornes,
Tant il se sentoit en courroux
En voyant cet ouvrage à cornes.

III

Il a tort de faire ce tapage;
C'est son profit que cet ouvrage;
Sans argent le bois venoit
Dans le foyer en abondance.
Le but de sa femme n'étoit
Que de modérer sa dépense.

Enfin, Madame de Pompadour, qui haïssait le duc de Richelieu, voulut aussi posséder un objet qui lui rappelât sans cesse le souvenir de cette immortelle aventure et elle se fit confectionner par un artiste demeuré inconnu « un modèle de cheminée tournante en bois d'acajou d'environ deux pieds avec la plaque en cuivre (1). »

Madame de La Poupelinière mourut d'un cancer au sein dans les premiers mois de 1752. Le maréchal de Richelieu la visitait de temps à autre, et ces témoignages d'attention que lui donna cet homme vicieux et égoïste parurent touchants à la société parisienne d'alors. « En

(1) *Catalogue des objets d'art du marquis de Marigny*, n° 751.

vérité, disait-on, M. le duc de Richelieu a eu pour elle des procédés admirables. Il n'a pas cessé de la voir jusqu'à son dernier moment (1). »

Avant de mourir, Madame de La Poupelinière fit plusieurs démarches pour se rapprocher de son mari; mais ce fut inutilement.

On lit à ce propos, dans le Journal de Collé, à la date de novembre 1751 :

« Mme de La Popelinière a remué ciel et terre ce mois-ci pour se raccommoder avec son mari et revenir vivre avec lui dans sa maison. L'on prétend qu'elle a intéressé Mme de Pompadour à sa situation ; ce qui est sûr, c'est qu'elle a solli-

(1) *Mémoires de Marmontel*, livre IV.

cité les ministres pour son raccom-
modement avec son mari. Elle a
été chez M. de Saint-Florentin,
M. d'Argenson et M. de Machault...
Je donne pour certain que M. de
Machault avoit envoyé chercher
M. de La Popelinière, dont la femme
étoit déjà dans le cabinet de ce ministre. Quand ce cher mari arriva
dans la seconde antichambre, il y
trouva Boudrey, son secrétaire, à
qui il demanda s'il savoit ce que
M. le garde des sceaux lui vouloit,
s'il auroit bientôt audience et s'il
y avoit actuellement quelqu'un avec
lui; à quoy Boudrey répondit : « Je
» n'en sais rien ; tout ce que je sais,
» c'est que Mme de La Poupelinière
» est avec lui depuis une heure. »
Ce que ce tendre mari ayant en-

tendu, il s'enfuit et court encore..(1) »

La Poupelinière resta veuf jusqu'en 1759, époque où il épousa en secondes noces une jeune personne de Toulouse, Mlle Marie-Thérèse de Mondran. Ce mariage était en grande partie l'œuvre d'un soi-disant abbé La Coste, familier de la maison du fermier général, qui lui confia même le soin d'aller chercher Mlle de Mondran à Toulouse, et de la conduire à Paris.

Un an après, ce même abbé La Coste était condamné pour faux et

(1) *Journal de Collé*, éd. H. Bonhomme. I, 378.

escroqueries au carcan, à la marque et aux galères perpétuelles (1).
« Cette affaire a fait du bruit, dit un chroniqueur contemporain, et a dû bien mortifier M. de La Popelinière,. qui a déjà eu plusieurs histoires désagréables sur son compte (2). »

En janvier 1762, La Poupelinière fut rayé de la liste des fermiers généraux. Il était en fonctions depuis près de quarante-quatre ans.

(1) Ce La Coste avait été l'un des collaborateurs de l'*Année littéraire*, journal de Fréron. Il mourut au bagne en 1761 et Voltaire composa alors cette épigramme :

La Coste est mort; il vaque dans Toulon,
Par ce trépas, un emploi d'importance.
Ce bénéfice exige résidence
Et tout Paris y nomme Jean Fréron.

(2) *Journal de Barbier*, VII, 300.

Le 1ᵉʳ novembre suivant, sentant la mort approcher, il rédigea
son testament. N'ayant pas eu d'enfants de ses deux mariages, il dis-
posa de sa fortune en faveur de sa
famille ; quant à sa femme, il la res-
treignit aux bénéfices de la donation qu'il lui avait faite le 30 juillet
1759 au moment de leur union (1).

Les héritiers institués étaient : sa
sœur, Mᶫᶫᵉ Jeanne-Alexandre Le
Riche de Vandy; ses frères : Alexan-
dre-Edme Le Riche de Chevigné,
conseiller au Parlement de Paris ;
Hyacinthe-Julien Le Riche, doc-
teur de Sorbonne et doyen du cha-
pitre de Saint-Marcel à Paris ;
Augustin-Alexandre Le Riche de

(1) Archives nationales, Y, 391.

Sancour, ancien gentilhomme ordinaire du Roi, et les trois enfants
d'une sœur décédée, Mme de Saffray, née Marie-Thérèse Le Riche,
savoir : un garçon, Alexandre-Au-
gustin de Saffray, chevalier de
Saint-Louis, ancien capitaine au
régiment de Royal-Roussillon, cavalerie ; et deux filles : Marie-Thérèse de Saffray, veuve de Pierre-
Hyacinthe de Mesnildot, seigneur
de Gouberville, et Alexandrine-Marie-Thérèse de Saffray, femme d'É-
tienne Larcher de La Londe.

En outre, Mlle de Vandy fut nommée exécutrice testamentaire (1).

(1) Archives nationales, Y, 15652. — Il est
impossible de ne pas signaler la prédominance
singulière du nom de Thérèse parmi les femmes qui tenaient à La Poupelinière par les

Trente-cinq jours après avoir dicté ses dispositions dernières, le 5 décembre 1762, à une heure et quelques minutes du matin, La Poupelinière succomba. Il habitait encore cet hôtel de la rue de Richelieu, théâtre de la scandaleuse aventure de la cheminée tournante. Trois quarts d'heure après le décès, en pleine nuit par conséquent, le commissaire Sirebeau, mandé par la veuve pour apposer les scellés sur les objets ayant appartenu

liens du sang ou du mariage. Ses deux femmes s'appelaient l'une Thérèse des Hayes, l'autre Marie-Thérèse de Mondran ; sa sœur décédée Marie-Thérèse Le Riche et ses deux nièces, la première Marie-Thérèse de Saffray et la seconde Alexandrine-Marie-Thérèse de Saffray. Enfin, lui-même a donné à l'héroïne de son trop célèbre livre, les *Tableaux des mœurs du temps,* le prénom de Thérèse.

au défunt, se présentait, et au moment d'y procéder recevait de Mme de La Poupelinière, dans les formes juridiques, une déclaration bien inattendue de grossesse.

Il est facile de deviner l'impression désagréable, causée aux héritiers désignés par cette nouvelle ignorée évidemment par le fermier général lorsqu'il rédigea son testament. Toutefois, jusqu'à la naissance de l'enfant, il n'y avait aucune décision à prendre, et on se borna à nommer « Jean - Baptiste - Charles Bellanger, avocat au Parlement, curateur au ventre de dame Marie-Thérèse de Mondran, veuve de M. de La Poupelinière. » Cette dernière quitta alors l'hôtel de la rue de Richelieu, et alla demeurer rue

Montmartre, où, le 28 mai 1763, elle mit au monde, cinq mois et vingt-trois jours après la mort de son mari, un enfant du sexe masculin, qui fut baptisé le lendemain en l'église Saint-Eustache et présenté sous les noms de Alexandre-Louis-Gabriel Le Riche de La Poupelinière. Le 14 juin suivant, une sentence du lieutenant civil institua Mme veuve de La Poupelinière tutrice de son fils mineur; ce qui lui permit de revendiquer aussitôt pour l'enfant la totalité de la succession du défunt.

Le testament à la main, la famille essaya de repousser ces prétentions, mais inutilement, car, à la suite d'un procès long et assez scabreux, les droits du mineur furent pleinement reconnus.

Le procès-verbal des scellés apposés chez La Poupelinière par le commissaire Sirebeau nous est parvenu (1) ; il forme un registre assez volumineux, d'une écriture fine et pénible à déchiffrer. Nous allons en extraire tout ce qui nous paraîtra de nature à intéresser le lecteur.

L'argent comptant trouvé dans les secrétaires s'éleva à la somme de 152,712 livres, sur laquelle, par ordre du Lieutenant civil, furent immédiatement prélevés les frais funéraires formant un total de 2,627 livres, 18 sols, se décomposant ainsi : 825 livres au curé et à

(1) Archives nationales, Y, 15652.

la fabrique de Saint-Roch , 111 livres pour les crêpes et les tentures, 111 livres pour les gants noirs, 17 livres 18 sols pour les chapeaux de deuil, 776 livres pour les cierges, 588 livres pour les jurés-crieurs de corps chargés des dispositions de l'enterrement, et 199 livres pour le cercueil de plomb.

On paya également les gages arriérés des musiciens à la solde de La Poupelinière, qui formaient l'orchestre de son joli théâtre de Passy, où pouvaient s'asseoir environ deux cents spectateurs. Nous transcrivons les noms de ces artistes : Canavas, Ignazio , Prockch, Flieger, Louis, Schencker, Gossec (1)

(1) Après la mort de La Poupelinière,

et sa femme, Capron, Calès, Goëpf-
fert, Saint-Guire, Miroglio, Graziani
et Leclerc. Ils eurent à se partager
825 livres.

Le personnel assez nombreux des
serviteurs de M. et de Mme de La
Poupelinière ne fut pas oublié dans
cette répartition, et y fut compris
pour 9,567 livres 10 sols. Au fermier général étaient attachés un
secrétaire, un maître d'hôtel, une
femme de charge, un aide et un
garçon d'office, un chef, un aide et
un garçon de cuisine, un rôtisseur,
un valet de chambre, un valet de
chambre chirurgien, deux cochers,
deux laquais, un postillon, deux
portiers et un frotteur. Mme de La

Gossec devint directeur de la musique du
prince de Conti.

Poupelinière avait pour son service personnel : un valet de chambre, une première et une seconde femme de chambre et deux laquais. En outre, au château de Passy, il y avait un concierge, une servante de la concierge, un frotteur, un pompier ou serviteur chargé de l'entretien des conduites et pièces d'eaux, un suisse et garde de nuit, un portier et un jardinier.

Parmi les nombreux créanciers de la succession, nous noterons : le président Hénault, à qui il était dû 100,000 livres d'argent prêté en 1739, et les arrérages de l'année courante ; Mlle Marie-Violente Vestris, dite Jardini (1), cantatrice,

(1) Nous avons trouvé (Archives nationales, Y, 10910) sur Mlle Jardini et sur

qui réclamait 180 livres pour avoir
chanté dans neuf concerts don-

Thérèse Vestris sa sœur, cantatrice comme
elle, le document suivant dont nous transcrivons un extrait :

« Ce jourd'hui samedi 27 juillet 1776, une
heure de relevée, nous Pierre Thiérion, commissaire au Chatelet, ayant été requis, sommes transporté à l'entresol d'une maison sise
rue Saint-Honoré de laquelle est propiétaire
le sieur de Courcelles et étant dans une troisième pièce de l'entresol ayant vue sur la rue
y avons trouvé les demoiselle et dame Thérèse Vestris et Marie Vestris, épouse du sieur
Félix de Jardini, bourgeoises de Paris y demeurant dans la maison où nous sommes
près le trésor royal; lesquelles nous ont dit
qu'hier, environ six heures du soir, étant dans
leur voiture, berline anglaise, arrêtées devant
la porte du sieur Raibault, parfumeur, une
voiture avoit accroché leur berline par le
bout ou extrémité de l'arrière train du côté
droit; que le cocher de cette voiture allant
toujours et assez vite les avoit renversées
dans le ruisseau après avoir fait faire un demi tour à la leur; que de cette chûte vio-

nés par La Poupelinière; les Co-
médiens du Roi de la troupe fran-

lente il en étoit résulté à elle de Jardini, trouvée
dans son lit, un mal de tête si violent, qu'elle
auroit eu beaucoup d'inquiétudes des suites si
deux saignées qu'on lui a déjà faites ne l'eussent calmée ; que son oreille droite est blessée considérablement; que sa cuisse droite
est dans un état à lui faire craindre de ne
pouvoir s'en servir de longtemps ; qu'elle a le
dos et les reins très douloureux. Et nous est
apparu des dites blessures tant à l'oreille
droite qu'à la cuisse du même côté, que les
meurtrissures de la cuisse au nombre de
quatre, surtout celle qui est au bas du genou.
nous ont paru exiger des attentions sérieuses.
Et nous a fait la dite dame Jardini représenter
une robe de taffetas blanc à la Polonoise, dont
elle nous a dit être vêtue alors, crottée et dé-
chirée, le jupon déchiré aussi et découpé.

» La demoiselle Thérèse Vestris nous a dit
qu'elle a partagé l'effroi de cette chûte; qu'elle
n'est point blessée, mais que la grande com-
motion l'a déterminée à se faire saigner deux
fois jusqu'à ce moment ; que cette chûte a été
d'autant plus effrayante et considérable que

çaise, dans le théâtre desquels
le défunt avait assisté à treize
représentations sans payer la place
occupée par lui aux premières
loges, et qui présentaient un mémoire de 78 livres; une demoiselle Marie-Françoise Coé, « pein-
tresse de l'Académie de Saint-Luc ».
qui avait fourni, sur commande,
« un petit tableau en pastel représentant une Basque avec une pala-
tine bleue, » fourniture qu'elle éva-

leur voiture est montée fort haut; qu'elle ne
sait pas comment elles n'avoient pas été tuées
tant elles avoient été renversées roide après
avoir fait un demi tour, accrochées et tirées
par l'autre voiture; que Deshayes leur laquais
qui étoit alors derrière le carrosse avoit été
renversé; qu'il avoit mal au talon de cette
chûte; que le cocher étoit tombé de dessus
son siège et avoit une jambe écorchée, etc.,
etc. »

luait à 96 livres; François de La
Sablière, ancien lieutenant-colonel
de cavalerie, demeurant à Béziers,
qui avait expédié au défunt quatre
caisses d'herbes odoriférantes, trois
barils d'olives, trois livres et demie
de suc de réglisse et une pièce de
vin muscat. Il n'avait jamais été
payé de cet envoi déjà ancien, et
en fixait le prix à 322 livres. Enfin,
un maréchal de camp des armées du
Roi réclamait 260 livres pour un
certain nombre de bouteilles d'eau
de Spa.

Un musicien célèbre qui avait fait,
ainsi qu'il a été dit plus haut,
partie de l'orchestre de La Poupelinière, fit aussi une revendication,
non d'argent mais de livres et cahiers de musique. Le procès-verbal

de scellés la mentionne en ces termes : « Et le jeudi 26 mai, audit
an 1753, onze heures du matin, en
notre hôtel et pardevant nous, Jean-
François Sirebeau, est comparu le
sieur François-Joseph Gossec, maître de musique, demeurant rue des
Moulins, butte et paroisse Saint-
Roch, tant pour lui et en son nom,
que comme ayant charge et pouvoir
des sieurs Carlo Graziani et Schencker, tous deux musiciens et tous
trois ci-devant au service de défunt
le sieur Le Riche de La Poupelinière, lequel nous a dit qu'il est
opposant comme par ces présentes
il s'oppose qu'il soit procédé à la
reconnoissance et levée des scellés
apposés par nous après le décès dudit défunt, sieur Le Riche de La

Poupelinière, sur les biens meubles et effets dépendant de sa succession et jusqu'à ce que il leur ait été remis et rendu savoir à lui comparant : sept symphonies à clarinette dont quatre en E B et deux en D et une en F, plus une symphonie avec des sourdines à hautbois en A, plus deux symphonies avec des cors simplement en D, plus et enfin un livre de sonates de Domenico Alberto, tous lesquels livres et cahiers de musique lui comparant avoit prêtés tant à M. de La Poupelinière qu'à la dame son épouse ; audit sieur Graziani un livre de sonates pour le violoncelle intitulé : *Six sonates pour le violoncelle*, dédié à M. le comte Oginski, de Carlo Graziani, pareillement par lui prêté à mon dit

sieur de La Poupelinière ; et ledit
sieur Schencker pour cinq symphonies avec des cors et clarinettes,
plus un recueil de pièces de hautbois de foret dont une partie dans
le ton de *fa*, l'autre dans le ton de
mi b, par lui pareillement prêtés
audit sieur de La Poupelinière. »

Plus loin on trouve le détail des
diamants de la femme du fermier
général : un collier de diamants
brillants composé de onze pièces
avec une guirlande, sa pendeloque
et le petit fleuron ; une paire de
girandoles de même composée de
boucles, six pendeloques et corps
de pendants ; une table de bracelets
de diamants en plein ; une table de
bracelets avec portrait garni de diamants ; une bague d'un brillant seul ;

trois fleurs en poinçon de diamants
brillants; une bague d'une aigue-
marine entourée de diamants ; une
aigrette en plume de héron ; un collier avec sa rivière ; une paire de
girandolles et une grande aigrette;
deux poinçons de grandes et belles
aigues-marines (1).

(1) En 1790, Mme de La Poupelinière, ayant
besoin d'argent, voulut vendre quelques-uns
de ses diamants. Un intermédiaire la mit en
rapport avec deux individus qui se présen-
tèrent chez elle pour examiner et estimer les
diamants. Cela fait, ils prétendirent n'avoir
pas sur eux la somme nécessaire au paye-
ment, firent placer les bijoux dans une boîte,
les recouvrirent soigneusement de ouate, ca-
chetèrent de cire rouge la boîte fermée et entourée d'un fil de soie et disparurent en an-
nonçant leur visite pour le lendemain et en
laissant la boîte dans les mains de Mme de La
Poupelinière. Plusieurs jours se passèrent
sans qu'on les revît; inquiète, M^mo de La
Poupelinière se présenta, munie de la boîte,

L'argenterie comprenait neuf dou-
zaines d'assiettes dont une en déficit, quatre-vingt-sept couverts et
une cuillère, trente-trois plats, trois
écuelles dont une sans couvercle,
deux saucières, vingt-trois cuillères
à ragoût et une à olive, six grandes
fourchettes de table, dix-huit attel-
les, cinquante-trois couteaux, deux
huiliers, six cuillères à café, deux
sucriers, quatre cafetières, deux cuillères à sucre, un tire-moelle, deux
pinces à sucre dont une cassée, six
petites cuillères à sel, deux grandes

devant le Lieutenant civil du Châtelet, lui
raconta les faits et sollicita une décision. Le
Lieutenant civil ordonna l'ouverture de la
boîte, dans laquelle on ne trouva que du sucre
candi entouré de coton. La police ne put jamais
mettre la main sur ces deux habiles presti-
digitateurs. (Archives nationales, Y, 11286.)

salières à compartiments et quatre
petites, un moutardier et sa cuillère, six coquilles, quatre cuillères à
potage, une marmite et dix-huit
cuillères à café, le tout marqué aux
armes du défunt : de gueules à une
chaîne d'or supportant un coq de
même, regardant une étoile au can-
ton dextre d'argent (1).

Dans les remises, tant de l'hôtel
de la rue de Richelieu que de la
maison de campagne de Passy, on
trouva plusieurs voitures, dont deux
doublées de velours cramoisi, une
de campagne, doublée de velours
d'Utrecht cramoisi, un vis-à-vis dou-
blé de velours d'Utrecht vert, une
voiture servant pour aller chercher

(1) Archives nationales, M. M, 818.

les provisions, un fourgon à deux roues et une autre petite voiture chargée d'un tonneau.

Dans les écuries il y avait sept chevaux de carrosse sous poil noir, un sous poil blanc dit anglais et trois chevaux entiers, dont deux sous poil noir et un sous poil rouge.

Les caves de Paris contenaient vingt pièces de vin ordinaire et cent cinquante bouteilles de vins de différentes espèces. Celles de Passy étaient plus abondamment garnies et renfermaient : dix-sept demi-muids de vin de Basse-Bourgogne, deux cent cinquante bouteilles de vins de différens crus rouge ou blanc, trente bouteilles de champagne blanc, deux cents fioles de vin

muscat, dix bouteilles et quatre-
vingts carafons de liqueurs.

Dans le jardin de Passy avait été
construite une volière en fil de fer,
divisée en plusieurs compartiments,
où se trouvaient cent petits oiseaux
de toute espèce, douze faisans gris
et panachés et cent pigeons.

Le mobilier était riche, mais sans
offrir pourtant rien de bien extraor-
dinaire.

Quant aux livres, tableaux et cu-
riosités de toute nature que devait
posséder La Poupelinière, le procès-
verbal ne les indique malheureusement qu'en bloc et sans détail. Cela
est d'autant plus regrettable qu'il devait y avoir là bien des choses pré-
cieuses. Il est permis de le penser
du moins, si l'on en juge par la des-

cription que donne le procès-verbal des objets personnels réclamés par madame de La Poupelinière et qui est conçue en ces termes : une armoire et bibliothèque de bois de rose, une guitare et une vielle, un rouet à filer de bois Rungis ? renfermant une serinette et trois cages à oiseaux, un clavecin à grand ravalement de Dukers et une harpe par Guepfert, une table et chiffonnière de bois de rose, une corbeille artificielle renfermée dans une cage de verre blanc, plusieurs livres, recueils et cahiers de musique vocale, la planche du portrait de son mari, les portraits en grand et en miniature d'elle-même et de M. de La Poupelinière, tous les ouvrages, tant imprimés que manuscrits, qu'il avait laissés et qui n'avaient pas été inventoriés; des armoiries en coquille encadrées et quatre figures de cire également encadrées.

L'exécutrice testamentaire, Mlle de Vandy, répondit que cette revendication devait être portée devant le Lieutenant civil, qui seul pouvait statuer, en faisant observer toutefois, que, quant aux figures de cire, il était inutile d'en parler au magistrat, attendu qu'elle en proposait la destruction pure et simple. Notre procès-verbal s'exprime ainsi à ce propos :

« Requiert ladite demoiselle de Vandy que plusieurs figures de cire qui se sont trouvées dans le cabinet du feu sieur de La Poupelinière représentant des nudités et postures

6

immodestes que la pudeur même la moins scrupuleuse ne peut pas supporter et que, par cette raison, il seroit indécent et déshonnête de laisser subsister, soient entièrement supprimées et détruites. »

Les autres héritiers, tout en se rangeant à l'avis de Mlle de Vandy, pensèrent pourtant que la justice était seule compétente pour statuer sur la destruction des figures de cire et le litige fut soumis au Lieutenant civil. Ce magistrat ordonna que les papiers non inventoriés de M. de La Poupelinière seraient renfermés dans des coffres déposés chez un notaire et dont la veuve et l'exécutrice testamentaire auraient chacune une clef, que le surplus des objets réclamés par madame de La Poupe-

linière lui serait provisoirement remis, à l'exception pourtant des quatre figures de cire, dont il prescrivit
la destruction complète de telle manière que sur la cire pétrie il ne
restât plus trace des sujets repré-
sentés.

Cette sentence fut immédiatement
exécutée et aussitôt après le procès-
verbal fut clos et arrêté.

Commencées le 5 décembre 1762,
jour du décès de M. de La Poupelinière les opérations d'apposition
et de levée des scellés ne furent ter-
minées que le 26 juillet 1763.

Nous signalerons encore, à propos de ce procès-verbal, analysé
par nous, trop longuement peut-
être, un détail intéressant à con-
naitre. Le 15 avril 1763, le com-

missaire Sirebeau reçut des mains d'un inspecteur de police une lettre ainsi conçue : « De par le Roi, Sa Majesté étant informée que parmi les papiers du feu sieur de La Poupelinière les ouvrages du feu sieur curé de Trépigny peuvent s'y trouver, Sa Majesté ordonne au sieur Sirebeau , commissaire au Châtelet, de faire perquisition dans les papiers imprimés ou manuscrits dudit feu sieur de La Poupelinière à mesure de la levée des scellés apposés sur iceux après son décès et au cas que les ouvrages dudit sieur curé de Trépigny s'y trouvent, l'intention de sa Majesté est que ledit sieur Sirebeau s'en saisisse et qu'il les remette au sieur de Sartine, Lieutenant-général de police, pour être par lui rendu compte à Sa Majesté desdits ouvrages.

» Fait à Versailles, le 15 avril 1763.

» Signé : Louis; et plus bas : Phélypeaux. »

Muni de cet ordre, Sirebeau fit une perquisition dans les papiers de La Poupelinière et y ayant découvert un manuscrit « formant deux volumes in-folio ayant pour titre : *Mémoire des pensées et sentiments de M...*, *prêtre curé d'Étrépigny* », il s'en saisit et le remit entre les mains du Lieutenant-général de police, par les soins duquel il fut vraisemblablement transporté à la Bastille, dépôt ordinaire des livres confisqués (1).

(1) Archivesnationales, Y, 15653.

Cet ouvrage, dont Voltaire venait
de publier un *Extrait* au mois de
mars de l'année précédente, a pour
auteur Jean Meslier, curé d'Étrépigny, village situé près de Mézières,
dans les Ardennes, et renferme,
comme on sait, de violentes attaques
contre la religion.

La Poupelinière ne le possédait
qu'à titre de rareté. A la mort de
Meslier, en 1733, on trouva, écrites
de sa main, trois copies de ses *Sentiments;* l'une fut portée au garde
des sceaux, la seconde au greffe de
la justice de Sainte-Menehould et
la troisième passa dans les mains
d'un M. Le Bègue, grand vicaire de
l'archevêché de Reims.

C'est probablement de l'une de
ces trois copies qu'il est ici ques-

tion, à moins pourtant qu'il ne s'agisse d'une des rares transcriptions qui en furent faites et que les curieux payaient jusqu'à huit louis d'or (1).

On doit à La Poupelinière plusieurs comédies restées inédites, qui furent représentées sur son théâtre particulier de Passy, et un certain nombre de romances ou chansons, dont quelques-unes, fort jolies du reste, *Petits oiseaux sous le feuillage*, *Charmante prairie* et *O ma tendre musette*, obtinrent un succès de vogue. Il a écrit en outre et fait paraître deux romans, *Daïra* et les *Tableaux des mœurs du temps dans les différents âges de la vie.*

(1) *Œuvres de Voltaire*, édit. Beuchot, XL, 388.

Daïra eut deux éditions ; la première parut en 1760 et ne fut tirée qu'à 25 exemplaires réservés probablement aux amis de l'auteur. La seconde édition est de l'année suivante et forme 2 volumes petit in-12 qu'on trouvait à Paris chez Bauche, libraire, quai des Augustins, à l'Image Sainte-Geneviève. Cet ouvrage, où l'on remarque un certain talent de composition, ne sort pas, dit M. Monselet, auquel nous empruntons tous ces détails, « par les aventures qui y sont racontées, du cadre ordinaire des romans musulmans (1) ».

Quant au second ouvrage de La Poupelinière, les *Tableaux des*

(1) *Les galanteries littéraires du XVIII*ᵉ *siècle*, Paris, Michel-Lévy, 1862, p. 56.

mœurs du temps, il est autrement
célèbre que le premier.

Il ne fut tiré qu'à trois exemplaires, dont deux sont aujourd'hui
très probablement détruits. Celui
qui subsiste encore est décrit dans
un très curieux recueil de bibliographie (1) de la manière suivante :
« *Tableaux des mœurs du temps
dans les différents âges de la vie*
(en dialogues), Amsterdam, sans
date (Paris, vers 1760), in-4º avec
20 grandes miniatures de la plus
grande fraîcheur attribuées à Ca-
rême ou à Chardin. Ces peintures
représentent des sujets libres. »
M. le marquis de Paulmy qui fut

(1) *Bibliographie des ouvrages relatifs à
l'amour, aux femmes, au mariage;* Paris,
Jules Gay, 1864, colonne 579.

au xviii° siècle l'un des possesseurs
de cet exemplaire a écrit en tête de
l'ouvrage une note ainsi conçue :
« Ce livre a été imprimé à un seul
exemplaire (1) dans la maison et
sous les yeux de M. de La Poupelinière, fermier général connu par
son opulence, son luxe et son goust
pour les femmes. A sa mort il est
passé dans les mains du duc de La
Vallière et de là dans les miennes.
Son grand mérite consiste dans le
fini des miniatures sur vélin bien
au-dessus de ce qu'on trouve ordi-
nairement dans ces sortes de livres.
C'est la propre figure de M. de La
Poupelinière qui est représentée
partout, et quant à la femme qui

(1) Erreur ; il fut tiré à trois exemplaires ;
mais un seul était orné de miniatures.

joue le principal rôle, non seulement j'ignore son nom, mais si je le savois je ne le dirois pas. »

Dans les *Mémoires de Bachaumont*, on lit à la date du 15 juillet 1763 :

« Tout le monde sait que M. de La Poupelinière visoit à la célébrité d'auteur. On connaissoit de lui des comédies, des romans, des chansons, mais on a découvert depuis quelques jours un ouvrage de sa façon qui, quoique imprimé, n'avoit point paru. C'est un livre intitulé les *Mœurs du siècle* en dialogues. Il est dans le goût du *Portier des Chartreux*. Ce vieux paillard s'est délecté à faire cette œuvre licencieuse ; il n'y en a que trois exemplaires existants ; ils étaient sous les scellés, un d'eux est orné d'estampes en très grand nombre, elles sont relatives au sujet, faites exprès et gravées avec le plus grand soin. Il en est qui ont beaucoup de figures toutes très finies. Enfin, on estime cet ouvrage, tant pour sa rareté que pour le nombre et la perfection des tableaux, plus de 20,000 écus.

« Lorsqu'on fit cette découverte, Mlle de Vandy, une des héritières, fit un cri effroyable et dit qu'il falloit jeter au feu cette production diabolique. Le commissaire lui représenta qu'elle ne pouvoit disposer de cet ouvrage, qu'il falloit le concours des autres héritiers, qu'il estimoit très convenable de le remettre sous les scellés jusqu'à ce qu'on eût pris un parti; ce qui fut fait. Ce com-

missaire a rendu compte de cet
événement à M. le Lieutenant de
police qui l'a renvoyé à M. de Saint-
Florentin. Le ministre a expédié
un ordre du Roi qui lui enjoint de
s'emparer de cet ouvrage pour sa
majesté, ce qui a été fait (1). »

Les documents que nous avons
analysés ou reproduits plus haut
démontrent de la façon la plus
péremptoire que les *Mémoires secrets* ont travesti les faits. Ce n'est
pas à la découverte des *Tableaux
des mœurs du temps* que Mlle de
Vandy *fit un cri effroyable,* elle
demanda seulement que des figures
de cire immodestes, trouvées dans le
cabinet de son frère, et que sa veuve

(1) *Mémoires secrets*, I, 285.

revendiquait, fussent brisées. Le
Lieutenant civil, auquel il en fut
référé, donna raison à ses scrupules,
et les figures de cire furent détruites. Quant au livre réclamé par une
lettre de cachet émanée du roi et
que le commissaire Sirebeau dut
remettre au Lieutenant général de
police, ce n'étaient pas les *Tableaux
des mœurs du temps*, mais bien le
manuscrit en deux volumes in-folio
des *Sentiments* du curé Meslier,
dans lequel la religion était vive-
ment attaquée.

Nous croyons donc pouvoir affir-
mer que les *Tableaux des mœurs
du temps* ne furent jamais dans le
cabinet du roi Louis XV, mais qu'ils
passèrent directement, comme le dit
du reste M. de Paulmy, après la mort

de La Poupelinière, dans les mains
du duc de La Vallière. Bien plus,
nous avons presque la conviction
que ce fut Mme de La Poupelinière
elle-même qui le lui vendit à l'insu
des autres héritiers, et pour appuyer
notre opinion nous citerons le passage suivant, extrait du procès-verbal
des scellés. « Et le samedi 14 mai 1763,
ladite demoiselle de Vandy a dit
qu'à la vacation du 28 février il
s'est trouvé dans la garde-robe de la
dame de La Poupelinière un carton,
renfermant des papiers et titres personnels au sieur de la Poupelinière
et à sa famille, composant dix liasses
numérotées, depuis le numéro premier jusques et compris le numéro
onze, le quatrième numéro et la
quatrième cote s'étant trouvée en

déficit par l'événement de l'examen qui fut fait alors dudit carton, elle prie le sieur Pecquet (1) de s'expliquer sur ce qu'est devenue la quatrième liasse ou cote qui s'est trouvée manquer dans ledit carton. »

Mis ainsi en demeure de s'expliquer, le sieur Pecquet répondit « que la surveille du décès de M. de La Poupelinière, lui étant dans son bureau, sur les sept à huit heures du soir, ayant devant lui le carton dont est question, la dame de La Poupelinière est entrée dans le bureau et ayant vu ce carton ouvert devant lui sieur Pecquet, lui de-

(1) Ce personnage avait été secrétaire et intendant de M. de La Poupelinière et assistait comme tel à l'apposition et à la levée des scellés.

manda ce que c'étoit que ces
papiers; qu'elle en prit quelques-
uns qu'elle lut et lui dit que ces
papiers étoient intéressants et qu'elle
désiroit les examiner à son aise;
qu'à cet effet elle pria lui sieur
Pecquet de descendre ledit carton
dans sa chambre, ce qu'il fit. Que
par rapport à la cote quatre qu'on
dit manquer, ignore si elle étoit
dans ledit carton ou si elle n'y
étoit pas (1) ».

Peut-être nous trompons-nous.
mais il nous semble bien probable
que ce quatrième numéro et cette
quatrième cote n'étaient pas autre
chose que les *Tableaux des mœurs
du temps*, et que Mme de La Poup

(1) Archives nationales, Y, 15,652.

7

linière les conserva par devers elle dans le but d'en tirer parti plus tard.

Quoi qu'il en soit de notre supposition, il est certain toutefois, comme on l'a vu plus haut, que l'ouvrage en question passa après la mort de La Poupelinière d'abord dans les mains du duc de La Vallière, puis ensuite dans celles du marquis de Paulmy.

Plus tard on trouve les *Tableaux des mœurs du temps* en Russie dans la bibliothèque d'un riche collectionneur.

En 1825 ce livre revint à Paris, fut possédé depuis par divers amateurs bien connus des bibliophiles et enfin acquis en 1862 par un étranger, alors domicilié dans notre capitale.

M. Charles Monselet a donné
une analyse des *Tableaux des mœurs
du temps* dans le journal l'*Artiste*
du 16 septembre 1855, analyse qu'il
a reproduite dans un volume intitulé
les *Galanteries littéraires du dix-
huitième siècle*. De plus, quelques
extraits en ont été donnés par
M. Gustave Brunet dans les *Fan-
taisies bibliographiques*, livre publié
en 1863, et la même année il en a
été fait une réimpression textuelle,
tirée à 150 exemplaires.

Cette réimpression forme un volume in-12, divisé en deux parties :
1º de la page 1 à la page 285 se
trouvent les dix-sept dialogues qui
composent l'histoire de la jeunesse
et du mariage de l'héroïne, Mlle Thérèse de Se....; 2º de la page 287 à

la page 341 se déroule, sous le titre *Zairette*, un ennuyeux roman qui se passe dans un harem de l'Asie (1).

(1) *Bibliographie des ouvrages relatifs à l'amour*, etc., col. 579.

DEUXIÈME PARTIE

DOCUMENTS INÉDITS

I — 1746, 24 et 27 avril

MADAME DE LA POUPELINIÈRE PORTE PLAINTE CONTRE SON MARI QUI L'AVAIT FRAPPÉE ET INJURIÉE GROSSIÈREMENT.

L'an 1746, le dimanche 24 avril, une heure de relevée, au réquisitoire de Mme de La Pouplinière ci-après nommée, nous, Pierre Glou, commissaire au Chatelet de Paris, sommes trans-

porté rue de Richelieu en une maison
neuve à porte cochère occupée par
M. de La Pouplinière, fermier général,
où étant avons été conduit dans une
chambre en entresol au-dessus du premier étage ayant vue sur la cour, à
laquelle chambre nous sommes monté
par un escalier dont la porte est sous
l'entrée de la maison, laquelle chambre nous a été ouverte par une demoiselle et avons trouvé une dame dans
son lit dont les rideaux sont de toile
indienne, y ayant dans ladite chambre
un seau de fayence rempli d'eau et de
sang et un linge ensanglanté auprès ;
laquelle dame nous a dit s'appeler
Thérèse Deshaies, demoiselle, épouse
de messire Alexandre Le Riche de La
Pouplinière, fermier général, demeurant en ladite maison avec son dit
mari.

Laquelle nous a rendu plainte contre

son dit mari du fait arrivé la nuit du
vendredi au jour d'hier samedi sur
le minuit, qui est tel qu'il met le
comble à tous les mauvais traitemens
et outrages qu'elle a soufferts jusqu'à
présent et qu'elle a dévorés dans l'es-
pérance qu'elle raméneroit enfin ledit
sieur de La Pouplinière et par la crainte
d'un éclat, mais qu'il ne lui est pas
possible de garder le silence puisqu'il
s'agit de sa vie qui n'est pas en sûreté.
Le vendredi dernier, 22 de ce mois,
ladite dame ayant soupé à la maison
avec ledit sieur son mari, il l'attaqua
pendant le souper, en présence de la
compagnie, par les injures et les termes les plus offensans qu'elle ne croit
pas devoir et pouvoir rapporter ; mais, à
ces écarts et insultes qui sont familiers,
quoique celui-ci fut plus fort que de
coutume, ladite dame crut devoir op-
poser sa modération ordinaire. Aprés

le souper, ledit sieur de La Pouplinière,
causant avec M. Fontaine, son ami,
dans sa chambre à coucher, ladite
dame ne crut pas devoir se dispenser
d'y entrer comme à son ordinaire pour
lui souhaiter le bonsoir, de peur qu'il
n'entrât dans une nouvelle colère; mais
il la chassa avec brutalité et de nouvelles injures. Ladite dame s'étant retirée sans rien dire et étant accablée
de douleurs dans son cabinet avec
Mᵐᵉ la comtesse d'Igni, qui demeure
même maison, ayant appelé sa femme
de chambre et ses domestiques pour
se retirer, ledit sieur de La Pouplinière
vint et entra comme un furieux dans
ledit cabinet; aussitôt, ladite dame
d'Igni se retirant et la plaignante voulant gagner sa chambre, ledit sieur de
La Pouplinière courut après elle et lui
porta deux coups de poing au visage.
La plaignante, qui se sauvoit, voulut

fermer sur elle la porte qui sépare
ledit cabinet d'avec une petite pièce qui
communique à sa chambre, mais elle
n'eut le tems que de pousser la porte
et ledit sieur de La Pouplinière l'eut
bientôt ouverte, la prit aux cheveux,
la jeta par terre et lui donna des coups
de pied dont il l'accabla, en sorte
qu'elle aurait péri entre ses mains
sans les personnes qui étoient présentes
et qui survinrent aux cris et bruit et
qui la ramassèrent expirante. Qu'étant
hors d'état de sortir de longtems par
sa maladie, causée par lesdits maltraitemens, ni même de se faire transporter dans la maison, elle a été obligée
d'envoyer dès le matin quérir le sieur
Vernage, médecin, qui lui a trouvé des
bosses et contusions à la tête et partout
le corps et notamment au front et aux
environs des yeux. Qu'il l'a fait saigner
trois fois dont une du bras et deux du

pied à cause des coups que la plaignante a reçus à la tête. Que depuis qu'elle est en cet état, ledit sieur de La Pouplinière n'a pas envoyé savoir comme elle se portoit et a même dit à plusieurs personnes qu'il étoit fâché de ne pas l'avoir tuée, qu'elle ne périroit jamais que de sa main. Par toutes ces raisons, la dame plaignante est à chaque instant dans la juste crainte d'essuyer de nouveaux excès et violences de son dit mari, pour quoi se réserve de poursuivre sa séparation de corps et a requis notre transport pour nous rendre la présente plainte. (Signé): T. Deshayes de La Pouplinière, Glou.

Et le mercredi 27 avril audit an 1746, sept heures environ du soir, nous, commissaire susdit, au réquisitoire de ladite dame de La Pouplinière susnommée, sommes transporté susdite

rue de Richelieu en la maison de ladite dame et où elle demeure ainsi que
son dit mari, comme il est ci-devant
dit, où étant avons été conduit dans
une grande chambre à coucher ornée
de glaces sur la cheminée et entre les
croisées, ayant vue sur la cour de ladite maison, où il y a des portes à
deux battants qui paroissent commu-
niquer à d'autres chambres que l'on
nous a dit faire partie du premier appartement sur le derrière, en laquelle
chambre nous avons été introduit par
une demoiselle avec laquelle nous y
sommes monté par le même petit escalier désigné en la plainte ci-dessus
et y avons trouvé ladite dame, épouse
dudit sieur de La Pouplinière, fermier
général, couchée dans un grand lit,
ayant un bandeau au front : laquelle
nous a déclaré que depuis la plainte
qu'elle nous a rendue contre son dit

mari, l'état de sa maladie, causée par les mauvais traitemens de son dit mari, subsistant, elle a requis notre transport pour nous rendre, comme elle fait, de nouveau plainte contre son dit mari de ce qu'il tient les mêmes discours injurieux, méprisans et offensans, et ne cesse de la menacer et notamment a dit publiquement et à des personnes de la plus grande considération qu'il traiteroit la plaignante avec la plus grande ignominie et que si, après qu'elle seroit guérie, elle étoit assez osée de se représenter pour se mettre à sa table et que ses gens missent son couvert, il jetteroit son couvert et la chasseroit de table devant tout le monde.

Qu'il a accompagné une injure aussi atroce de plusieurs autres de la même espèce et dans des termes les plus offensans qu'elle se réserve de nous déclarer avec tout ce qu'elle a eu le malheur d'essuyer depuis son mariage d'insultes et de mauvais traitemens et de réconciliations faites par la médiation de différentes personnes, ne pouvant le faire quant à présent par son état de foiblesse et le danger dans lequel elle nous a dit être vû la violence de son dit mari s'il savoit que nous commissaire sommes dans sa maison. Toutes ces raisons et motifs ne lui permettant pas d'entrer quant à présent dans un plus grand détail, se réservant lorsqu'elle sera en lieu de liberté et de sûreté de rendre compte de tous lesdits faits. (Signé) : T. Deshayes de La Pouplinière, Glou. (Archives nationales, Y, 15,616.)

II — 1748, 28 nov. et 3 déc.

LA POUPELINIÈRE FAIT CONSTATER PAR
UN COMMISSAIRE QUE LE MUR DE LA
MAISON VOISINE DE LA SIENNE A ÉTÉ
DÉFONCÉ A L'ENDROIT DE LA CHEMINÉE
D'UN CABINET DÉPENDANT DE L'APPARTE-
MENT DE SA FEMME ET QUE L'OUVER-
TURE EN EST CACHÉE PAR UNE PLAQUE
TOURNANTE. QUELQUES JOURS APRÈS IL
FAIT EN PRÉSENCE DU MÊME COMMISSAIRE
RÉTABLIR LE MUR DÉMOLI.

L'an 1748, le jeudi 28 novembre,
environ les deux heures de relevée,
nous Charles-Élisabeth de Lavergée,
commissaire au Châtelet, ayant été
requis, sommes transporté rue de Richelieu, paroisse Saint-Roch, en une
maison à porte cochère, au second
étage de laquelle étant monté et entré
dans un appartement, s'est présenté à

nous messire Alexandre-Jean-Joseph
Le Riche de La Pouplinière, l'un des
fermiers généraux de Sa Majesté, demeurant en la maison où nous sommes, à lui appartenant : lequel nous
a dit avoir requis notre transport à
l'effet de nous rendre plainte contre
le sieur Berger, occupant la maison
voisine, et nous a dit qu'ayant eu des
avis secrets qu'il y a une communica-
tion secrète de la maison dudit sieur
Berger à la sienne par une porte de
fer posée et servant de plaque de
cheminée dans le cabinet de la dame
son épouse, audit second étage, où
nous sommes; que sur ces avis, il a
envoyé chercher des ouvriers et des
témoins pour sonder ladite cheminée;
que Pierre Lefort, compagnon maçon,
demeurant rue Sainte-Anne, et le
nommé Étienne Luneau, dit Berri,
compagnon serrurier, chez le sieur

Mazurier, maître serrurier, rue Sainte-
Anne, butte Saint-Roch, ont examiné
ladite cheminée en présence de M. le
comte d'Igni, maître d'hôtel du roi, du
sieur Frémin, secrétaire dudit sieur de
La Pouplinière, et de maître Cartier,
notaire, et des domestiques de la maison, lesquels Lefort et Luneau, ayant
descellé la plaque de fonte au jambage droit de la cheminée dudit cabinet, ont aperçu un petit jour entre ledit jambage et une porte de fer qu'ils
ont poussée ; et, y ayant résistance,
ont abattu l'extrémité dudit jambage
au milieu du plâtre, et ont aperçu qu'il
y avoit un piton, et, au derrière de
ladite porte, une clavette qui entre
dans ledit piton et ferme et ouvre ladite porte de fer du seul côté dudit
sieur Berger, laquelle clavette est de
trois pouces et demi, et nous a été
remise par ledit Lefort ; que ladite

porte s'ouvre par le moyen d'un pivot
et d'une crapaudine qui le tient : Pour
poser laquelle porte, nous observent
lesdits Lefort et Luneau, qu'on a coupé
le gros mur dans toute son ·épaisseur,
lequel est ragréé des deux côtés et
plafonné en plâtre neuf et frais. Laquelle dite porte de fer nous avons
vue ouverte, et le bas, formant une
espèce de plancher, est garni en plan-
ches. Ladite porte de fer de trois pieds
et demi de haut et de trois pieds sept
pouces de large. Et avons aussi aperçu
une porte de bois garnie d'équerres
qui s'est ouverte, laquelle porte de
bois donne positivement sur la tablette de cheminée de la chambre qui
donne au droit dudit cabinet; par laquelle porte ouverte nous avons
aperçu dans ladite chambre de la maison dudit Berger, une porte de bois
peinte en blanc que l'on a vue ou-

verte, mais que nous avons vue fermée, une tenture de tapisserie verte, un fauteuil de canne. Nous observent lesdits Lefort et Luneau qu'ils ont aperçu un ciseau de menuisier dans un manche de bois qui n'a plus paru, quoiqu'il fut posé sur la tablette de la cheminée de la chambre de la maison dudit Berger. Pourquoi, attendu ce que dessus, ledit sieur de La Pouplinière, qui ne peut présumer autre chose, sinon que l'on veut attenter à sa vie ou de la dame son épouse et autres personnes de chez lui et à leurs biens, a été conseillé de requérir notre transport à l'effet de nous rendre la présente plainte de laquelle il nous requiert acte, ainsi que des observations faites par lesdits Lefort et Luneau. (Signé) : Le Riche de La Pouplinière ; Lefort ; Luneau ; Delavergée.

Et le mardi 3 décembre audit an 1748,
dix heures du matin, nous commissaire susdit ayant été requis, sommes
transporté susdite rue de Richelieu,
paroisse Saint-Roch, en la maison dudit sieur Le Riche de La Pouplinière, en
laquelle étant entré et monté au second étage dans le cabinet désigné par
la plainte et procès-verbal ci-dessus,
s'est présenté à nous ledit sieur Le
Riche de La Pouplinière, et, au même
instant, avons aperçu par l'ouverture
de la cheminée dudit cabinet, dans la
chambre de la maison voisine, deux
personnes à nous inconnues, l'une
desquelles nous a dit se nommer An-
dré-Dominique-Martin de Moncelot,
ancien capitaine au régiment du Pié-
mont, demeurant à Paris, rue Neuve-
des-Petits-Champs, paroisse Saint-
Roch, et l'autre se nommer Jean-
Charles Quéau, maître maçon, demeu-

rant rue Neuve-des-Petits-Champs, paroisse Saint-Roch; ledit sieur de Moncelot ayant charge, ainsi qu'il l'a dit,
et se faisant fort de dame Duvivier,
veuve du sieur Jacques Tarade, ancien gentilhomme ordinaire du Roi,
tutrice des enfants mineurs d'elle et
dudit défunt, lesdits mineurs propriétaires de la maison voisine où sont
actuellement lesdits sieurs Moncelot et
Queau. Et ledit sieur de La Pouplinière ayant mandé le sieur Pierre-De-
nis Mincier, maître maçon, demeurant Grande-Rue-du-Bac, paroisse
Saint-Sulpice, ledit Mincier est comparu devant nous dans ledit cabinet,
lesdits sieurs de La Pouplinière et Moncelot esdits noms sont convenus que
l'ouverture du gros mur énoncé en
notre procès-verbal, des autres parts,
sera rebouchée par lesdits Queau et
Mincier pour la sûreté commune des

propriétaires; à l'effet de quoi ils ont
à l'instant mis des ouvriers de part et
d'autre, en notre présence, et la plaque
ou porte de fer, décrite dans notre dit
procès-verbal, ayant été descellée et
déposée, ainsi que la porte de bois
garnie d'équerres, le tout mentionné
en notre dit procès-verbal, ladite
porte de bois, après avoir été déposée,
nous ayant été représentée par les
ouvriers étant du côté de la maison
des mineurs Tarade, nous avons aperçu
que ladite porte de bois était couverte,
du côté de la chambre de la maison
desdits mineurs Tarade, d'un trumeau,
de deux glaces qui faisoit le dessus de
la tablette de ladite chambre. Lesquelles portes de fer et de bois, qui
fermoient ladite ouverture, et lesdites
glaces qui couvroient ladite porte de
bois du côté de la maison desdits
mineurs, ayant été ainsi déposées,

sont restées dans ladite chambre et en possession dudit sieur Moncelot, ès dits noms, qui s'en est chargé du consentement dudit sieur de la Pouplinière. Ce fait, lesdits ouvriers ont continué les opérations nécessaires de part et d'autre pour la fermeture de l'ouverture du gros mur en question. (Signé) : Martin de Moncelot; Quéau; Mincier; Le Riche de La Pouplinière; Delavergée. (Archives nationales, Y, 13753.)

III — 1748, 28 nov. et 21 déc.

MADAME DE LA POUPELINIÈRE PORTE A DEUX REPRISES PLAINTE CONTRE SON MARI QUI LA CALOMNIE, L'EXPULSE DE SA MAISON ET LA LAISSE DANS UN DÉNUEMENT ABSOLU.

L'an 1748, le jeudi 28 novembre, entre dix et onze heures du soir, par-

devant nous Pierre Glou, commissaire
au Châtelet, est comparu dame Thérèse Deshayes, demoiselle, épouse de
messire Alexandre Le Riche de La
Pouplinière, fermier général, demeurant avec ledit sieur son époux rue de
Richelieu : laquelle, en ajoutant aux
plaintes qu'elle a rendues devant nous
contre ledit sieur son mari les 24 et
27 avril 1746, nous a de nouveau
rendu plainte contre ledit sieur son
mari des excès, outrages, duretés et
calomnies qu'il a continuellement
contre elle proférées, et n'y pouvant
plus tenir elle se trouve obligée de se
retirer chez madame sa mère, comme
il sera ci-après expliqué ; et nous a dit
que ledit sieur son mari et elle ayant
été invités par monseigneur le maréchal de Saxe d'aller voir la revue de
son régiment, ayant même envoyé un
de ses carrosses pour les prendre,

ladite dame a demandé audit sieur
son mari s'il vouloit partir, il lui a dit
que non et qu'il ne vouloit point sortir par rapport à un point qu'il lui a
dit avoir sous l'épaule. Que sur ce
refus, ladite dame plaignante, accom-
pagnée de madame la comtesse d'Igni,
est montée dans le carrosse dudit seigneur maréchal de Saxe et a été conduite à ladite revue d'où ladite dame
est revenue ce dit jour sur les six
heures ou environ du soir dans le
même carrosse et étoit précédée par
ledit seigneur maréchal dans le sien
qui venoit voir ledit sieur de La Pouplinière à la porte duquel lesdits deux
carrosses étant arrêtés, le portier a dit
audit seigneur maréchal de Saxe qu'il
n'y avoit personne et sur ce que ledit
seigneur maréchal a répliqué audit
portier : « Voilà madame de La Pouplinière ; » ledit portier a fait réponse

qu'elle n'entreroit pas en disant qu'il
avoit des ordres exprès de son maître
de lui refuser la porte, à laquelle
ladite dame plaignante s'est néanmoins
présentée et y a trouvé M. le marquis
de Sourdis en présence duquel l'entrée
de ladite porte lui a été refusée par
ledit portier ; nonobstant quoi elle est
entrée dans la cour de ladite maison
et alors ledit portier lui a dit qu'elle
alloit le perdre et que ledit sieur de
La Pouplinière le tueroit par la violence et la colère où il étoit et que
elle-même ne seroit pas en sûreté de
sa vie, ce qui a engagé ledit sieur
marquis de Sourdis de la mener chez
mondit sieur le maréchal de Saxe qui,
croyant que ladite dame étoit entrée
chez elle, s'en étoit allé. Ledit seigneur
maréchal a été fort surpris de la voir
et encore plus du récit qu'elle lui a
fait du discours qui lui a été tenu par

le portier dudit sieur son mari chez
lequel ledit seigneur maréchal de Saxe
a eu la complaisance de la reconduire.
Et étant entrés tous deux dans l'appartement dudit sieur son époux, il s'est
répandu en injures les plus atroces et
les plus diffamantes, l'a traitée de bou-
gresse, putain et autres termes les
plus outrageans sans respecter la personne dudit seigneur maréchal et en
présence de tous ses gens, ce qui a
obligé ladite dame plaignante de se
sauver dans son appartement pour
éviter les maltraitemens et voies de
fait que ledit sieur son mari étoit prêt
d'exercer contre elle, où elle a trouvé
toutes les portes enfoncées et a re-
marqué qu'on avoit commencé à dé-
meubler son dit appartement et percé
un gros mur dans son cabinet, qui
étoit plein de plâtre, moëllons et dé-
molitions dont elle a été fort étonnée.

Et sur ce qu'elle comptoit rester dans son dit appartement et y coucher, plusieurs personnes affidées audit sieur son mari et ses amis avec lesquels il vit dans une parfaite intimité, sont venues de la part dudit sieur de La Pouplinière dire à ladite dame plaignante de s'en aller et qu'il y avoit du risque pour sa vie si elle restoit, tant ledit sieur son mari étoit en fureur et qu'il avoit même disposé de l'appartement de ladite dame pour y loger une autre personne. Que ladite dame plaignante, excédée et outrée de toutes les indignités qu'elle essuyoit tant de la part de son dit mari que des personnes à lui affidées dont elle vient de parler, s'est trouvée mal et a demandé un bouillon qu'on a eu l'inhumanité de lui refuser par les ordres exprès dudit sieur son mari, ainsi qu'il lui a été dit en réponse à sa demande. Que, dans ces circonstances et n'ayant d'autre parti à prendre que celui de se retirer chez la dame sa mère et ensuite a été conseillée de se transporter pardevant nous pour nous rendre plainte. (Signé) : Deshayes de la Pouplinière ; Glou.

Et le samedi 21 décembre audit an 1748, de relevée, pardevant nous conseiller et commissaire susdit est comparue ladite dame épouse dudit sieur Le Riche de La Pouplinière, nommée en la plainte ci-dessus et des autres parts, demeurant à présent chez madame sa mère en une maison sise en cette ville sur la chaussée d'Antin où elle s'est retirée : Laquelle en ajoutant tant à ladite plainte qu'aux autres précédentes qu'elles a rendues contre ledit sieur son époux, nous a de nouveau rendu plainte contre lui et dit que, depuis leur mariage fait en 1737, il n'est pas d'insultes, de violences, et de cruautés qu'elle n'ait essuyées de la part dudit sieur son mari qui est d'un caractère vain et emporté.

Qu'en l'année 1746, ladite dame plaignante, qui avoit jusque-là dévoré ses chagrins dans la crainte d'un éclat, succombant enfin sous le poids de ses malheurs, des sévices et des mauvais traitements dudit sieur son mari qui l'auroient mise en danger de perdre la vie, nous rendit plainte le 24 avril de ladite année 1746 des faits de sévices particuliers qu'elle venoit d'essuyer.

L'état déplorable et contraint dans lequel elle se trouvoit dans la maison de son dit mari ne lui permit pas alors d'entrer dans le détail, n'étant pas libre, craignante, vû la violence et l'emportement de son dit mari, que s'il étoit instruit de ses démarches il ne lui arrivât accident, raison pour la-

quelle elle crut devoir se réserver,
comme elle fit par une seconde plainte
du 27 du même mois d'avril, le détail
des circonstances plus particulières.

Depuis cette plainte et pendant le
tems de la convalescence de ladite
dame plaignante, des personnes de
considération ayant bien voulu s'entre-
mettre pour réconcilier ladite dame
plaignante et ledit sieur son mari,
ladite dame plaignante céda à leurs
sollicitations et aux promesses de son
dit mari, au moyen de quoi elle auroit
cru manquer à ses engagements si elle
avoit fait usage de la réserve portée en
la plainte du 27 avril 1746; le sieur
de La Pouplinière de son côté eut
bientôt oublié ses nouveaux engagements et promesses.

La plaignante, dans la crainte d'un
nouvel éclat, dévora encore dans le
silence et dans les larmes les nouveaux

mauvais traitements qu'elle éprouva ;
mais enfin l'éclat que ledit sieur son
mari vient de faire, le scandale public
avec lequel il l'a expulsée de sa maison de la façon la plus insultante, dont
elle nous a rendu plainte le 28 novembre dernier, ne lui permettent plus
de dissimuler.

La plaignante, mariée en l'année
1737, comme elle nous l'a déjà observé,
a essuyé, dans tous les tems, les hor-
reurs et les mépris les plus cruels ; les
termes les plus outrageans ont toujours
été le langage de son mari. Dans ses
accès de fureur qui sont très fréquents,
il a maltraité la plaignante et l'a excédée de coups tant avant la scène cruelle
dont elle nous a rendu plainte en l'année 1746 que depuis la réconciliation
qui a suivi.

Pendant l'hiver de l'année 1746, le
sieur son mari l'a souvent tenue pri-

9

sonnière dans sa maison, défendant à son portier de la laisser sortir et faisant ôter ses chevaux lorsqu'elle les avoit fait mettre à son carrosse.

Au mois d'avril de l'année 1747, ledit sieur son mari, après avoir acheté à vie la maison ou château de Passi des héritiers de M. le président de Rieux, sans en avoir fait part à ladite plaignante, la laissa dans son lit saignée du bras et du pied sans aucun secours, ayant emmené avec lui tous les domestiques et même le laquais de ladite dame plaignante à qui il ordonna de le suivre, défendant qu'on laissât, ni qu'on donnât aucun secours à ladite dame plaignante, de même qu'à la dame sa mère et à la dame comtesse d'Igni, sa parente, qui étoient restées dans la maison pour la soigner, et qu'on ne leur fournît rien pour vivre.

Les ordres dudit sieur de La Pouplinière furent exécutés avec tant d'inhumanité et de barbarie que la plaignante ayant eu des crises et des
sueurs dans ses accès de fièvre, on fut
obligé d'emprunter dans le voisinage
des draps pour la changer et du bouillon. Pendant tout le tems de la maladie de la plaignante ledit sieur son
mari n'a envoyé chercher ni n'est venu
savoir des nouvelles de son état.

Dans d'autres occasions où elle étoit
malade, au lieu de prendre part à sa
maladie, il choisissoit ce temps pour
l'accabler d'injures qui faisoient pleurer et gémir ladite dame plaignante,
en sorte qu'on la voyoit et qu'on l'entendoit fondante en larmes. Il l'a prise
plusieurs fois dans ses accès de fureur par les cheveux dont il lui en a
arraché beaucoup et l'a traînée sur le
plancher, au point que si l'on n'étoit

accouru au secours et si on ne l'eût
pas arrachée à sa fureur elle auroit
succombé sous ses coups.

La plaignante a résisté à tant de
cruautés et s'est réconciliée avec ledit
sieur de La Pouplinière qui demandoit
excuse et faisoit de nouveaux sermens;
mais enfin la scène que ledit sieur de
La Pouplinière vient de donner au public, les extravagances éclatantes qu'il
a faites, l'expulsion publique de la
plaignante de sa maison, les injures
atroces dont il l'a accablée et qu'il ne
cesse de débiter la forcent de rompre
le silence.

L'occasion de cette scène cruelle est
ou une œuvre ancienne ou une œuvre
pratiquée par les amis ou parents dudit sieur de La Pouplinière qui ont oc-
cupé l'appartement dans lequel a été
faite cette prétendue ouverture et com-
munication dans la maison voisine, ou

une œuvre dudit sieur de La Pouplinière lorsqu'il occupoit cet appartement en l'année 1746, pendant qu'il
faisoit coucher la plaignante dans une
soupente, ou enfin c'est un ouvrage
préparé avec la préméditation la plus
noire et la plus atroce, car la manière
dont le sieur de La Pouplinière s'est
conduit dans cette occurrence annonce
la supposition et la calomnie ; en effet
il a pris le moment de l'absence de
ladite dame plaignante pour faire
l'éclat afin d'être plus en état d'en imposer sur sa prétendue découverte. Il
n'a appelé que des personnes à lui
dévouées, ses complaisans et gens sans
caractère pour faire cette prétendue
découverte.

S'il a fait venir un de nos confrères, ce
n'a été que quand tout a été disposé et
qu'on ne pouvoit plus rien connoître
à l'ouvrage.

Comme le tout ayant été défait hors de la présence de notre confrère, on a cru ne devoir rien conserver des prétendus vestiges de cette prétendue œuvre pour ne pouvoir pas être convaincu d'imposture, quoique les monumens de ce prétendu percement de mur eussent cependant été bien importans pour connoître l'âge et la qualité de ce travail avant sa démolition, l'endroit par où l'ouverture prétendue avoit été pratiquée, le tems dans lequel elle l'avoit été, comment et par où elle s'ouvroit.

Enfin, dans le tems que ledit sieur de La Pouplinière répandoit des bruits si atroces et diffamans contre la plaignante et qu'il la traitoit avec la dernière des indignités en l'expulsant honteusement de sa maison et en la laissant manquer de tout, il affectoit par une contrariété inouïe dans sa

plainte de la rendre, disoit-il, tant
pour elle que pour lui, comme si on
avoit voulu les égorger et voler par le
percement en question; procédure
qu'il a abandonnée sur le champ parce
qu'il savoit bien qu'elle n'avoit pas
d'objet véritable et que tout le fruit
qu'il s'étoit promis de son travail et de
son éclat étoit une diffamation cruelle.

La plaignante, expulsée par voies de
fait de la maison dudit sieur son mari
dans un état de maladie et d'infirmités
où elle étoit depuis longtems, accablée
par de nouveaux malheurs, s'est trouvée plus dangereusement malade
comme elle l'est encore actuellement,
et a été obligée d'appeler les médecins
et les chirurgiens les plus habiles qui
ont bien voulu la secourir, et elle s'est
trouvée, comme elle l'est encore actuellement, dépourvue de tous secours
et des choses les plus nécessaires pour

sa subsistance et l'usage de sa personne qu'elle a inutilement demandés et fait demander audit sieur son mari par des personnes tierces et par sa femme de chambre; son dit mari a refusé avec dureté les secours les plus indispensables.

La plaignante a été obligée d'emprunter jusqu'à un lit après avoir pendant plusieurs jours couché sur des matelas placés sur le plancher.

La plaignante a aussi appris que son dit mari a fait enfoncer ses armoires et ses garde-robes, tant à Paris qu'à la campagne, et qu'il s'est aussi emparé de ce qu'elles pouvoient contenir à son usage.

Dans ces circonstances, ladite dame plaignante, destituée et privée de tout, n'a d'autre ressource que de s'adresser à la justice pour avoir raison des outrages, sévices, calomnies et mauvais

traitemens à elle faits par son dit mari
dont elle est actuellement malade, et a
requis notre transport en la maison de
madame sa mère sise en cette ville,
sur la chaussée d'Antin, pour nous
rendre la présente plainte. (Signé) :
Deshayes de La Pouplinière ; Glou.
(Archives nationales, Y, 15623.)

TABLE

TABLE

IMPRIMÉ

PAR

CL. MOTTEROZ

A

PARIS

www.ingramcontent.com/pod-product-compliance
Lightning Source LLC
Chambersburg PA
CBHW051137260626
47170CB00005B/1852